교과서
옛이야기 살펴보기

교과서
옛이야기 살펴보기

서정오 지음

열린어린이

옛이야기의
바람직한 거듭남을 위하여

옛이야기의 가장 큰 힘은 즐거움과 위안을 주는 데 있다. 옛날부터 사람들은 이야기를 하면서 소통의 기쁨과 상상의 즐거움을 얻었다. 힘없고 가난한 사람들일수록 이야기 속에 자신을 닮은 주인공을 내세워 '대신 겪기' 로 만족감을 느꼈다. 뭘 알뜰살뜰 가르치고 배우자는 것도 아니요 시시콜콜 따질 일도 없었으므로 이야기는 그저 편하게 즐기기만 하면 되었다. 많은 옛이야기가 재미난 놀이처럼 전해진 내력이 이러하다.

세상이 달라지면서 아이들은 재미난 놀이 대신 힘든 공부에 점점 더 익숙해져 가고 있다. 놀이와 공부는 하나가 될 수 있는데도 세상은 그 하나 됨을 쉽게 허락하지 않는다. 이러다가는 옛이야기조차 무거운 짐이 되어 아이들 어깨를 짓누르게 될까 봐 걱정이다. 이야기를 '통해' 무언가를 가르치려고 하는 어른들이 많아질수록 옛이야기는 즐거움에서 지겨움으로, 위안에서 부담으로 아이들에게 다가갈 것이다.

아이들이 배우는 학교 교과서에는 많은 옛이야기가 실려 있다. 옛이야기가 교과서에 실리는 것은 두 손 들어 반길 일이지만 한편으로는 조심스럽기도 하다. 즐거움과 위안을 주는 문학으로서 제구실을 다한다면, 옛이야기는 공부를 즐겁게 또는 덜 지루하게 해 주는 중화제나 해독제로서 큰 값을 할 것이다. 하지만 제구실을 못 하는 옛이야기는 자칫하면 또 하나의 골치 아픈 '공부거리' 에 머물고 말지도 모른다.

교과서에 실린 옛이야기는 누구나 싫든 좋든 읽고 배워야 한다는 점을 생각하면 더욱 조심스러워진다. 교과서에 실렸다고 하면 대개 '올바르고 좋은 이야기' 로 믿어버리는 경향이 있다는 점에서 더욱 그렇다. 옛이야기 각편을 두고 원본 이본을 가리는 일은 부질없는데도 교과서 이야기가 종종 '정본' 으로 오해받는 까닭도 여기에 있다. 그래서 교과서에 싣는 이야기는 그 무엇보다도 조심스럽게 고르고 공들여 다시써야 한다.

초등학교 교과서에 실려 있는 옛이야기는 가짓수가 많을 뿐 아니라 그 모습도 여러 가지이다. 구전 무속신화가 거의 없다는 점과 전설을 너무 가볍게 다룬 부분은 불만이지만, 민담은 그 수도 넉넉하고 줄거리도 재미난 것이 많아 읽을 만하다. 하지만 그 가운데는 이야기 자체의 약점을 지닌 것도 있고, 어떤 이야기는 다시쓰는 과정에서 본뜻과 다른 뒤틀림이 일어나기도 했다.

이 책은 이런 부분을 하나하나 살펴보려고 쓴 것이다. 초등학교 교과서에 실린 옛이야기 중에서 뭔가 얘깃거리가 되겠다 싶은 것을 골라낸 다음, 무엇이 문제인지 따져보는 방식으로 글을 썼다. 그러다 보니 저절로 이야기의 좋은 점을 말하기보다는 문제점을 드러내어 비판하는 데 초점이 맞춰졌다. 그래서 행여 교과서에 실린 옛이야기가 다 잘못되었다는 식의 오해를 불러일으킬까 봐 걱정도 된다.

옛이야기를 보는 시각에는 여러 가지가 있을 수 있으므로, 여기에 밝혀 놓은 내 생각만이 옳다고 우길 수는 없다. 하지만 세상에 완벽한 관점이란 없으며, 그러기에 이런 어설픈 논의도 옛이야기를 바로 보고 옳게 쓰는 일에 조금이나마 도움을 줄 수는 있으리라 믿는다. 이 책을 쓴 궁극목적이 교과서에 실린 글을 비판하는 데 있는게 아니라 이런 논의를 통해 옛이야기에 대한 이해와 관심의 폭을 넓히자는 데 있다는 것을, 슬기로운 독자라면 충분히 헤아려 줄 것이다. 그런 뜻에서 군데군데 발견될 다소 거친 주장이나 논리의 허점까지도 옛이야기에 대한 애정이 빚어낸 것으로 봐 달라고 한다면 염치없는 투정이 될까?

글은 비슷한 성격을 가진 것끼리 세 덩어리로 나누어 실었다. 1부에는 옛이야기에 두루 들어있는 보편의 성격을 밝힌 글을 모아 놨다. 그 성격이란 주로 민중성을 가리킨다. 옛이야기가 이름 없는 백성들 사이에서 전해진 만큼 민중의 정서가 두드러지는 것은 당연한 것이며, 이를 눈여겨보고 소중히 여기는 것 또한 마땅한 일이라 믿었다. 2부에는 옛이야기 맛을 제대로 살리기 위해 어떤 점에 힘을 쏟아야 할지를 논의하는 글들을 넣었다. 이야기 속내뿐 아니라 그것을 담는 틀과 말투까지 두루 살펴보느라고 했지만 아주 새롭거나 대단한 내용은 아니다. 3부에서는 우리가 흔히 빠져들 수 있는 옛이야기에 대한 선입견을 다루었다. 뚜렷한 까닭이 없다면 옛이야기를 가두는 갑갑한 틀은 허물거나 넓힐수록 좋을 것이다.

이 책에 실린 글은 2006년 한 해 동안 월간 『열린어린이』에 연재했던 글 12편을 깁고 손질한 데다 3편을 새로 써서 보탠 것이다. 그러다 보니 책을 내는 시점에는 이미 교과서가 바뀌어 출전 같은 것이 맞지 않은 부분도 생기게 됐다. 양해를 바란다. 끝으로 이 시답잖은 글을 발표할 수 있도록 선뜻 지면을 내 주고, 게다가 단행본으로 엮을 수 있게까지 배려해 준 『열린어린이』에 감사한다. 또 우리 옛이야기를 사랑하며 함께 연구해 온 여러 동지들에게도 고마움을 전한다. 그리고 이 보잘것없는 글을 읽어 줄 독자 여러분께는 부디 이 책의 잘못을 지적해 주고 틀린 곳을 바로잡아 주기를 부탁드린다.

2010년 1월, 서정오

차례

1부

옛이야기 바로 보기

좋은 이야기를 고르는 눈

옛날 어느 마을에, 혹부리영감이 살았습니다. 하루는 산길을 가는데, 그만 날이 저물었습니다. 그래서 혹부리영감은 산 속에 있는 외딴집에서 하룻밤을 보내게 되었습니다.

혼자 있기 무서워서 혹부리영감은 큰 소리로 노래를 불렀습니다. 그 때 어디선가 도깨비들이 나타났습니다. 도깨비들은 혹부리영감의 노래가 혹에서 나온다고 생각했습니다. 그래서 보물을 줄 테니 혹을 떼어 달라고 했습니다.

혹부리영감은 혹을 떼어 주고 많은 보물을 얻어 집으로 돌아왔습니다. 같은 동네에 사는 욕심쟁이 혹부리영감이 그 소문을 들었습니다. 욕심쟁이 혹부리영감도 그 곳을 찾아가 노래를 불렀습니다. 그러나 도깨비들은 한 번 속지 두 번 속느냐고 화를 내며 혹을 하나 더 붙여 주었습니다.

(『초등학교 교과서 2-1 말하기·듣기』 48쪽, 『초등학교 교사용 지도서 2-1 국어』 185쪽)

'혹부리영감'과 '고부도리지이(こぶとりじい)'

이 '혹부리영감' 이야기는 우리에게 꽤 널리 알려져 있지만 몇 가지 성가신 문제를 안고 있다. 우선 이 이야기가 애당초 우리 나라에서 만들어져 전승된 우리 이야기인가 하는 문제가 있다. 이미 오래 전부터 많은 연구자들은 이것이 일본 민담이 아닌가 하는 의심을 품어 왔고, 아직 논의의 여지는 남아 있지만 이것이 우리 이야기가 아니라는 주장이 상당히 설득력 있게 받아들여지는 것이 사실이다. 받아쓴 자료의 한계가 있긴 하지만, 이 이야기가 일제강점기 이전부터 우리 나라에 전승되어 왔다는 증거는 발견하기 어렵다.

일제강점기 식민지용 보통학교 교과서인 『보통학교조선어급한문독본』에 실린 것이 지금으로서는 가장 이른 문헌자료이며, 공교롭게도 이 책에 실린 이야기는 일본 소학교 교과서 『심상소학독본』에 실린 일본 옛이야기 '혹과 할아버지'(こぶとりじい)와 그 줄거리와 틀이 똑같다. 심지어 받침그림까지도 판박이인데,* 주인공이

---

* 김종대, 『저기 도깨비가 간다』(다른세상, 2000) 73쪽에서 이 그림을 확인할 수 있다.

입은 옷만 다를 뿐 얼굴모습이나 자세까지 똑같은 걸 보면 이것이 일본 민담을 베낀 이야기라는 데는 의심의 여지가 없어 보인다.

이 이야기가 어찌하여 우리 이야기인 것처럼 알려지게 됐을까? 도깨비 연구로 유명한 민속학자 김종대 선생은 이것을 일제의 의도된 속셈이라 본다. 즉, 이것이 우리 나라 민담 '도깨비방망이' 이야기와 비슷하다는 점을 빌미로 우리와 일본이 같은 뿌리를 가진 나라라는 증거로 삼으려고 했다는 것이다. 그로써 마침내 우리 겨레를 세뇌하고 침략을 정당화하려 한 것이 바로 일제가 품은 의도라는 것이다.*

이쯤 되면 누구든지 이 이야기를 우리 이야기로 고집하고 싶은 마음이 사라질 것 같은데, 어쨌든 이러한 논란의 한복판에 있는 이야기를 굳이 교과서에 실은 의도를 이해하기 어렵다.

참고로, 일제 때 조선총독부에서 펴낸 『조선동화집』에도 '혹부리영감' 이야기는 실려 있지 않다.** 대신에 '혹 떼이기 혹 받기'라는 제목으로 비슷한 이야기가 한 편 실려 있는데, 줄거리와 성격은 '혹부리영감'과 달라서 오히려 우리 민담 '도깨비방망이'와 비슷하다. 다만 주인공이 선행의 대가로 도깨비방망이를 얻는 대신

---

* 특히 일제 시대 이전에는 찾아볼 수 없는 '혹부리영감' 이야기가 일제 때 보통학교 교과서에 수록되기까지 한 것을 보면 일제의 숨겨진 의도를 분명히 알 수 있으며, 이즈음 우리 나라에 유입되었을 가능성이 높다. '혹부리영감'은 이렇게 해서 우리의 전통적인 동화로 오해된 채 자리 잡게 된 것이다. (김종대의 같은 책, 79쪽)

** 1924년 조선총독부가 펴낸 이야기책으로 '조선민속자료 제2집'이라는 부제가 붙어 있으며 전국에서 채집한 민담 25편이 실려 있다.

혹을 떼이고, 악행의 대가로 도깨비방망이로 두들겨 맞는 대신 혹을 붙인다는 화소가 들어 있을 뿐이다. 확실한 건 아니지만 이 화소 또한 일본 민담 '혹과 할아버지'의 영향을 받은 것은 아닌지 모르겠다.

1980년대에 나온 『한국구비문학대계』에는 이 '혹부리영감'과 비슷한 줄거리를 가진 이야기가 5편 보이는데, 이것이 처음부터 우리 나라에서 전승된 것인지 일제강점기를 거치면서 민간에 퍼진 일본 민담의 변종인지를 가려내기는 쉽지 않다. 더구나 『한국구비문학대계』에 우리 전통 민담 '도깨비방망이' 유형의 이야기가 40편 넘게 발견되는 것에 견주어 보면, 이것이 우리 이야기라고 주장할 근거는 더 빈약해진다.

'도깨비방망이'와 견주어 보기

우리 옛이야기가 아니라고 해서 교과서에 싣지 말아야 한다는 법은 없으니, 이 이야기를 교과서에 실은 자체를 두고 시비를 걸 수는 없는 일이다. 그러나 '숱한 옛이야기 중에서 하필이면?' 하는 의문과 함께, 이야기가 품은 생각의 틀에 눈길이 미치면 미심쩍은 것이 또 있다.

위 이야기를 주의 깊게 한 번 더 읽어 보기 바란다. 주인공 혹부리영감이 많은 보물을 얻게 된 까닭은 그의 어떤 행동 때문인가? 일부러 속이려고 한 일은 아니지만, 혹에서 노래가 나온다고 믿은 도깨비들의 잘못된 믿음에 편승해 혹부리영감은 스스로 혹을 떼어 주고 도깨비와 거래를 했다. 이러한 행동을 두고 '의도되지 않은 속임수'라 나무란대도 별로 할 말이 없을 것 같다. 그렇다면 속임수의 대가로 보물을 얻은 행동은 과연 정당한 것인가? 더구나, 첫째 번 혹부리영감과 둘째 번 혹부리영감의 행동에는 아무런 차이가 없다. 둘째 번 혹부리영감이 욕심쟁이였다는 간단한 설명만 빼면, 두 인물은 큰 소리로 노래를 부른 똑같은 행위의 결과로 전혀 다른 것을 얻는다. 이것은 권선징악 또는 인과응보라고 하는 옛이야기 보편의 틀에 어긋난다.

여기서 우리 옛이야기 '도깨비방망이'를 살펴보기로 하자. 이 이야기는 '혹부리영감' 이야기와 그 줄거리나 소재가 비슷해 보이지만 속내는 딴판이다. 어떤 점이 다른지 견주어 보며 읽으면 좋겠다.

처음에 낭구(나무)를 갔는데, 낭구를 긁으니까 개암이 떨어졌어, 개암이. 그러니까는 집어서,
"이건 우리 아부지 드리갔다."
또 긁으니까 또 떨어지드니,
"이건 우리 어머이 드리갔다."
또 긁으니까 또 떨어지니깐,
"이건 나 묵갔다."
그리구 또 긁으니깐, 또 떨어지니까,
"이건 우리 새악시 주갔다."
그리니깐 모조리 내리 생기지 않았냐 말이야. 응, 웃어른부텀 그리

니깐, 생겨서 인제 가지구 있는데, 아 그리자 날이, 어뜨케 됐든지 점 글어서(저물어서) 도깨비 집에서 자게 됐거든. 자게 되니까는 그 도마루 위에 있게 됐어. 도마루 위에 올라갔어. 이 돗마루 위에 올라가 숨었어. 응, 도깨비한테 부틀낄까 봐. 돗마루, 저거 아냐, 이거.[대들보를 가리키며] 그 위가 인제 웅크리고 앉았지.

앉았는데, 야중에 도깨비들이 들어온단 말야. 들어오드니 은방맹이 금방맹이를 가지구 들어왔어.

"은 나오너라 뚝딱, 금 나오너라 뚝딱."

그리거든. 그리는 낌에 이 사람이 깨암을 하나 딱 깨뜨렸거든. 깨암을 하나 이빨로 깨뜨리니까는 '딱' 하구 소리가 나지 않아? 그리니깐,

"아쿠, 이거 큰일났구나."

그린단 말야, 도깨비들이. 그러는데다 또 하날 깨물었거든. 그리니깐 또 '딱' 하거든.

"아쿠, 얘 대들보 부러진다. 이거 큰일났구나."

그리거든. 대들보 밑, 배들보가 부러진다구. 큰일났다구. 그런데다 또 '딱' 깨물었거든.

"얘 큰일났다. 이 대들보 부러지면 우린 죽는다. 어서 나가자."

그리구 은방맹이 금방맹이를 다 내버리구 그냥 죄 도망했단 말이야. 그러니까는 이 사람이 내려와선 은방맹이 금방맹이를 다 주워 가지구 즈회 집으루 가지 않았냐 말이야. 즈회 집으루 가설라무니 있는데, 그저 그걸 팔아 인제 부자가 됐단 말이지. 그리구 저두 가서,

"은 나오너라 뚝딱, 금 나오너라 뚝딱."

하믄 은 금이 나온단 말이야. 그러니깐 부자가 되지 않았냐 말이야.

그러니까는 인제 그때 부자루 잘 사니까 그 성(형)이,

"아, 너는 어뜨케 돼서 별안간에 그렇게 부자가 됐냐?"

응, 그리니깐 그런 이야기를 죄다 했거든. 그러니깐 즈희 성(형)도 낭굴 하러 가는 거야. 낭굴 하러 가서 인제 긁으니깐 깨암이 하나 '툭' 떨어지거든. '툭' 떨어지니까 하는 말이,

"옳다, 이건 나 묵갔다."

이랬거든. 그리구 또 인제 그 밑에 '툭' 떨어지니까,

"옳다, 이건 우리 새악시 주갔다."

이랬거든. 그리구 인제 또 '툭' 떨어지니까,

"옳다, 이건 우리 아부지 주갔다."

그리구 또 있는데 '툭' 떨어져.

"이건 우리 어머이 주갔다."

즈이 먼첨 생기구 아범 나중 생기지 않았어, 부모는. 거꾸루. 그렇게 인제 해서 근데 참, 날이 접글지를 바라구 있다가 도깨비 집을 들어갔어. 도깨비 집을 들어가서 인제 즈이 동생 말대루 저 돗마루 위에 앉았거든. 앉았는데 도깨비들이 한참 있다 들어오드니,

"은 나오너라 뚝딱, 금 나오너라 뚝딱."

하고 두들기거든. 즈이 도깨비들이 이를 적에 이 깨암을 끄내서 인제 깨물었어. 깨무니깐 '딱' 하들 않구 '피익' 하거든.

"아그, 이게 무슨 소리야? 무슨, 무슨 소리가 '피익' 하구 나?"

아주 그리거든, 도깨비들이. 그리자 또 하날 깨물었거든. 또 하날, 또 하날 끄내 깨물으니깐 여즌히 또 '피익' 하거든.

"자, 이게 무슨 '피익' 소리가 어디서 나냐?"

아주 그리구선, 자 이눔의 사람이 또 하날 깨무니깐 여즌히 또 '피
익' 하거든.

"이게 암만해두 이상하다. 어디서 '피익' 소리가 나냐?"

그리구 두리번두리번하드니 돗마룰 쳐다보드니, 사람이 앉았거든.

"아, 이눔이 그냥, 응 여기 앉아서 접때두 우리 은방맹이 금방맹이
다 훔쳐갔다."

군, 끌어내린단 말이야. 끌어내려 가지구 그냥 지탕(실컷) 내리 때
리거든.

(『한국구비문학대계 1-7 경기도 강화군편』 323~326쪽)

이 이야기는 많은 '도깨비방망이' 중 한 각편이지만 본보기라 해
도 좋을 만큼 충실한 틀을 가지고 있다. 이 유형에서 공통으로 발견
되는 화소는 다음과 같다.

(1) 착한 아우가 나무를 하다가 개암을 주워 아버지 어머니(형님,
형수님)부터 드리겠다며 주머니에 넣는다.

(2) 돌아오는 길에 날이 저물어 도깨비 집에 들어가 대들보(다락)
에 숨는다.

(3) 밤중에 도깨비들이 나타나 방망이를 두드리며 놀 때 아우가
개암을 깨문다.

(4) '딱' 하는 소리에 놀라 도깨비들이 도망가고, 아우는 그 방망
이들을 얻어 부자가 된다.

(5) 욕심쟁이 형도 산에 나무를 하러 가 개암을 줍지만 자기(아

내, 아이들)부터 먹겠다며 주머니에 넣는다.

(6) 돌아오는 길에 도깨비 집에 들어가 대들보(다락)에 숨는다.

(7) 밤중에 도깨비들이 나타나 방망이를 두드리며 놀 때 형도 개암을 깨문다.

(8) 도깨비들이 그 소리를 듣고 달려들어 '이놈이 전에 우리 방망이 훔쳐간 놈'이라며 형을 잡아서 방망이로 두들겨 팬다.

명백히 이 이야기에 나오는 아우와 형의 행동은 서로 맞선다. 아우의 성격은 착하고 효성스럽고 우애 있지만, 형은 욕심 많고 불효하며 우애도 없다. 이것은 개암을 줍는 과정에서 서로 뚜렷이 맞서는 방식으로 묘사된다. 위 이야기에서는 개암을 주울 때 내세우는 차례가 '아버지—어머니—나—색시'와 '나—색시—아버지—어머니'로 맞서지만, 보통은 '나'를 어디에 놓느냐에 따라 선악이 갈린다.

두말할 나위도 없이 '나'를 아우는 뒤에 놓고 형은 가장 앞에 놓는다. 각편에 따라서는 형이 개암 네 개를 주워 모조리 '나 먹겠다'고 한다는 이야기도 있다. 여기에서 우리는 자신을 버리고 낮추는 것을 선행의 고갱이로 여긴 옛사람들의 생각을 만난다.

이렇게 하여 비로소 이야기는 '착한 아우가 복을 받고 나쁜 형은 벌을 받는다.'는 전형의 틀을 갖추었다. 옛이야기를 두고 말하는 한, 권선징악 또는 인과응보라는 틀거지는 고리타분하고 낡은 관념이 아니라 버려서는 안 될 튼튼한 믿음이다. 이 틀은 옛이야기에 가

    1부 옛이야기 바로 보기

치를 담고 생기를 불어넣는다. 다시 말해 이것으로 이야기는 비로소 옛이야기다워지는 것이다.

이 좋은 우리 이야기를, 남의 이야기로 의심받는 '혹부리영감' 대신 교과서에 실었더라면 하는 아쉬움이 생기는 까닭이 이러하다.

허물지 말아야 할 민중성

옛날 옛적, 어느 고을에 심술궂은 사또가 살았습니다. 그 사또는 무엇이든지 자기가 하고 싶은 대로 하였습니다. 그리고 죄 없는 사람에게 마음대로 벌을 주기도 하였습니다. 그래서 고을 백성들은 사또를 '심술쟁이 사또'라고 불렀습니다.

심술궂은 사또 때문에 고생을 많이 하는 사람은 이방이었습니다. 왜냐하면 이방은 사또를 도와 고을의 살림살이를 맡고 있었기 때문입니다. 이방은 사또가 무슨 엉뚱한 일을 시킬지 몰라 늘 걱정을 하였습니다.

① 찬바람이 쌩쌩 부는 어느 겨울날, 사또는 갑자기 산딸기가 먹고 싶었습니다. 그래서 이방을 불렀습니다.

"여봐라. 이방. 산딸기를 따 오너라."

이방은 사또의 명령을 듣고 어리둥절하였습니다. 왜냐하면 겨울에는 산딸기가 없기 때문입니다.

그러나 사또는 막무가내로 산딸기를 따 오라고 하였습니다. 이방은 내년 여름에 산딸기를 듬뿍 따다 드리겠다고 대답하였습니다.

"무엇이라고? 지금 당장 산딸기를 따 오지 않으면 큰 벌을 내리겠다."

사또는 다짜고짜로 이방에게 호령을 하였습니다. 사또의 호령을 들은 이방은 어찌할 줄 몰랐습니다.

"허, 이 일을 어찌할꼬?"

이방은 걱정을 하다가 그만 병이 나서 자리에 눕고 말았습니다.

이방에게는 지혜로운 아들이 있었습니다. 아들은 아버지께 무슨 걱정이 있느냐고 여쭈어 보았습니다. 이방은 사또의 이야기를 들려 주었습니다.

② "이 추운 겨울에 산딸기가 어디 있겠습니까?"

이야기를 듣고 난 아들이 걱정스러운 얼굴로 말하였습니다.

"그러나 산딸기를 따 오지 않으면 큰 벌을 내린다고 하는구나. 어찌하면 좋겠느냐?"

아들은 한참 생각하였습니다. 그리고 아버지의 손을 꼭 잡고 말하였습니다.

"너무 걱정하지 마십시오. 제가 다녀오겠습니다."

그러나 이방은 그저 걱정스럽기만 하였습니다. 아들의 나이가 이제 겨우 열 살이기 때문이었습니다.

이방의 아들은 그 길로 사또를 찾아갔습니다. 그리고 얌전히 무릎을 꿇고 사또 앞에 앉았습니다.

"아버지께서 앓아 누워 계시기 때문에 제가 대신 왔습니다."
"이방이 아프다고? 음, 꾀병을 부리는구나. 네 아비에게 큰 벌을 내리겠다."
그러나 이방의 아들은 겁먹지 않고 차분하게 말하였습니다.
"아닙니다. 아버지께서는 산딸기를 따러 가셨다가 독사한테 물리셨습니다. 그래서 산딸기를 따 오지 못하셨습니다."
"이 녀석, 한겨울에 독사가 어디 있단 말이냐?"
사또가 어이없다는 듯이 꾸짖었습니다. 이방의 아들은 공손하게 대답하였습니다.
"사또님 말씀이 옳습니다. 겨울에는 독사가 없지요. 마찬가지로 산딸기도 없습니다."
③ 사또는 얼굴을 붉히며 아무 말도 못 하였습니다. 그리고 이방 아들의 공손하고 지혜로운 말을 듣고 자신의 잘못을 뉘우쳤습니다.

(『초등학교 교과서 3-1 읽기』, 63~67쪽)

두 이야기 견주어 보기

이 이야기는 전국에 두루 전해 오는 '아버지를 구한 슬기로운 아들' 이야기를 다시 쓴 것이다. 줄거리는 다 아는 바와 같이 수령(때로는 임금)의 억지명령 때문에 죽게 된 서리(때로는 신하)를 그의 어린 아들딸이 꾀로써 구한다는 것이다. 보통 '슬기이야기(지략담)'로 분류되지만, 『한국설화유형분류집』*에 따르면 '232-4 원님이 낸 어려운 과제 해결한 아들' 유형에 해당된다. 무엇이 문제인지 따져보기 전에, 먼저 같은 유형의 받아쓴 이야기와 견주어 보는 것이 좋겠다. 견주어 볼 이야기는 이 유형 가운데 대표가 될 만한 것이다.

옛날 군수가 가 가이고 그 골 고을살이를 하는데, 그 밑에 아전이, 어찌 ①이방이 어찌기 똑똑는지 밉어 죽겄해. 저 놈 땜에 꼼짝을 못하겄해. 달리는 기라. 에레기 이놈, 이놈을 좀 욕을 보일 기라. 그래 뭐라쿠는 기 아니라, 이방을 불러 놓고,
"보래(보아라), 딸(딸기)이 묵고 짚은데 가 가이고(가지고) 딸로 좀 따가 오이라."
그런께, 지금메이로(처럼) 뭐 아이고 기고 머슥을 못 따지는 기라. 와서 밥을 안 묵고 꿍꿍 들어누운께 그래 뭐라는 기 아이라, 아들이 쪼그만한 기 한 야닯(여덟) 살이나 묵은 기,
"아부지, 와 그라요?"
"아나(아니야), 니 알 끼 없다."
"그런 기 아입니다. 뭣이 그렇습니까?"
그란께

---

* 조동일 외, 『한국구비문학대계 별책부록 I 한국설화유형분류집』, 한국정신문화연구원 1989.

“아이요.”

“내한테 일러 주소.”

②“낼로 욕 뵐라고 지금 사또께서 오동지 산에 딸 따 오이라 쿤다.”

“아, 까딱 없습니다. 내가 말할 끼요.”

그 안날(다음날) 가드니만 아, 사또로 보고 부르는 기라. 부름서,

“우리 아부지요 못 옵니다.”

“왜 못 오노?”

이란께,

“어제 딸 따로 갔다가 독새(독사)한테 물려 가아 퉁퉁 부어 지금 성이 요로큼 올라옵니다.”

군수가 엉겁짐에 답을 하기로,

“야 이눔의 자슥아, 오동지 설한풍에 독사가 어딨노?”

“아이구, 사또님. 요새 산에 딸이 어디 있습디까?”

그란께 군수, 뭐라쿠것소? 딱 말이 같는데, 독새도 없을 끼고 딸도 없을 끼고 이란께, 낸중에 그 애를 불러 놓고,

“너거 아배, 내가 욕 뵐라고 이런 말을 한 기라. 너거 아배 죽고 나 몬 너 못 살겄제.”

“예, 못 살겄다.”

이란께,

“너, 글로 천자…….”

나이 일곱 여덟 살 묵은께,

“어디까지 읽었노?”

인자, 글 아무 데 읽었다 쿠거든.

"내 글귀를 내놓을 긴께 너 글로 한번 질래? 에러울 난."

한께, 난지난이요. 난지난이라. 난지난이라, 에렵고 또 애롭다 말이지. 너거 아배 죽고 나면 난지난이요. 또 물으니까,

"팔석동자 부친 이름 무슨 난이라 쿠드노?"

"또 난이요."

난을 세 번 네 번 내놓아도 난이요, 난이요 하는데 다 맞차. ③그래 논께 못 쥑이. 아들이 똑똑해. 그래 그놈을 쥑이 놓으몬 더 큰일나겄해. 그래 못 쥑인다. 난(뛰어난) 사람은 못 쥑인다.

　　（『한국구비문학대계 8-1 경남 거제군편』365~367쪽）

언뜻, 줄거리만 놓고 보면 두 이야기가 크게 달라 보이지 않을지도 모른다. 그러나 조금만 자세히 들여다보면 주목할 만한 차이가 보일 것이다. 여기에는 주인공을 누구로 보느냐에서부터 숨은 주제가 무엇이냐에 이르기까지, 이야기의 성격에 관해 여러 가지 논란을 불러일으킬 여지가 도사리고 있다.

논점을 확실하게 하기 위해 밑줄을 그어 놓았으니 그곳을 중심으로 두 이야기를 견주어 보기로 하자.

①은 고을원이 이방에게 산딸기를 따 오라고 시키는 까닭을 설명한 대목이다. 보다시피 교과서 이야기는 '무엇이든지 자기가 하고 싶은 대로' 하는 '심술궂은 사또'가 한겨울에 '갑자기 산딸기가 먹고 싶'어서 이 억지스런 명령을 내리는 것으로 돼 있다. 여기서

우리는 좀 미심쩍어진다. 고을원은 한겨울에 산딸기가 나는지 안 나는지도 모르는 철부지란 말인가? 그렇지는 않을 것 같다. 고을원의 명령에는 뭔가 엉큼한 속셈이 숨어 있는 듯하다. 하지만 교과서 이야기는 이러한 의문에 답하지 않는다. 아무리 읽어도 성미 고약한 사또가 어린아이처럼 떼를 쓰는 장면이 떠오를 뿐이다.

받아쓴 이야기를 읽으면 이 의문이 말끔히 풀린다. 고을원이 이 가당찮은 명령을 내리는 원인은 똑똑한 이방을 일부러 욕보이기 위해서이다. '이방이 어찌기 똑똑는지 밉어' 서 '욕을 보일 기라'고 그 속셈이 뚜렷이 드러나 있는 것이다. 이로써 문제의 원인이 분명해지고, 이야기는 생기를 띠게 된다.

②는 아버지와 아들이 대책을 의논하는 대목이다. 여기서도 우리는 침착하고 어른스러운 이방 부자가 생떼 쓰는 사또 때문에 골머리를 앓는 장면만을 떠올리게 된다.

하지만 받아쓴 이야기는 문제의 원인을 확실하게 말하고 있다. 문제의 원인이 확실해진 만큼 그것을 푸는 길도 빤히 보인다. 즉 더 교묘한 꾀를 써서 고을원으로 하여금 제 꾀에 제가 넘어가게 만드는 것이 상책이다.

③은 결말 부분인데, 여기서 차이는 더 뚜렷이 드러난다. 교과서 이야기에서 사또는 '이방 아들의 공손하고 지혜로운 말을 듣고' 스스로 '자신의 잘못을 뉘우' 친다. 이방 아들이 깍듯이 예의범절을 갖추고 어른스럽게 말하는 건 그렇다 치고, 사또는 이 경우 과연 스스로 잘못을 뉘우치는 것이 자연스러운가? 이 장면에서 우리는,

한겨울에 산딸기가 안 나는 이치도 모르고 떼를 쓰던 사또가 드디어 철이 들어 뉘우치며 부끄러워하는 듯한 모습을 떠올리게 된다. 이건 뭔가 어색하다.

하지만 받아쓴 이야기에서는 원인과 결과를 명쾌하게 밝혀 놓았다. '그놈을 쥐이 놓으몬 더 큰일' 날 것 같아서 '못 쥐인다'고 못박아 놓은 걸 보면 그렇다. 본디 이방에게 욕을 보이려고 꾸민 일이지만, 그 아들을 보니 너무 똑똑해서 울며 겨자 먹기로 물러나 앉을 수밖에 없다는 것이다.

옛이야기의 민중성, 또는 약자의 시각

옛이야기는 힘없고 가난한 백성들이 만든 것이다. 그래서 민중들의 보편정서가 스며들어 있게 마련이다. 그 중 대표가 될 만한 것이 약자 편들기이다. 주인공은 언제나 약자이며, 이야기는 철저하게 약자의 시각으로 풀려 나간다. 겨룸틀(대결구조)을 가진 이야기에서는 더욱 그렇다. 강자는 언제나 부당하게 약자를 억누르고, 약자는 생존을 위해 강자의 횡포에 맞선다. 그리고 누구나 짐작하듯이 이 겨룸의 끝은 약자의 승리로 마감된다.

교과서 이야기는 겉으로 이방 아들의 슬기를 내세우고 있지만, 이야기는 끝까지 '사또'의 시야를 벗어나지 못하는 것 같다. 처음부터 '옛날 옛적, 어느 고을에 심술궂은 사또가 살았습니다.'로 시작해서, 결국 그가 잘못을 뉘우치고 착한 사람 되는 것으로 끝나는 것이다.

이 이야기를 읽는 아이들은 과연, 한겨울에 산딸기가 나는지 안 나는지도 모르고 이방에게 함부로 명령을 내렸다가, 이방 아들의 슬기로운 말을 듣고 스스로 자기 잘못을 뉘우치는 '양식 있는 주인 공 사또'의 마음을 헤아리면서 이야기를 즐길 수 있을까?

받아쓴 자료가 뚜렷이 말해 주듯이, 이 이야기가 말하고자 하는 것은 '강자의 부당한 권력을 이겨내는 약자의 슬기'이다. 힘으로 억누르려는 상대를 꾀로 물리치는 것은 약자와 강자의 겨룸을 다룬 옛이야기의 전형인데, 이 이야기도 예외는 아니다. 이 이야기에서 주인공은 명백히 약자인 이방과 그 아이이며, 이 약자의 눈으로 보아야 이야기가 제대로 보인다. 부당한 명령을 내린 고을원은 물리쳐야 할 대상이지 그 속마음까지 헤아려야 할 '우리 편'이 아니라는 것이다.

옛이야기에서 주체와 대상을 규정하는 것은 매우 중요하다. 누구의 눈길로 이야기가 진행되느냐에 따라서 그 성격이 아주 달라지기 때문이다. 교과서 이야기에서 이방 아들의 슬기로움은 다만 사또의 뉘우침을 이끌어낸 재료일 뿐이라는 느낌이 강하다. '아이(주체)가 슬기로 어려움을 이겨냈다.'는 것과 '아무개가 아이(대상)의 슬기 넉택에 잘못을 뉘우쳤다.'는 말은 그 느낌이 아주 다르다.

아이들은 대개 '약자'인 주인공과 자신을 동일시하며 이야기를 즐기게 되는데, 강자의 시각과 강자의 논리는 이 동일시를 깨뜨리고 혼란을 불러일으키기 쉽다. 적어도 옛이야기에서 이런 혼란은

   1부 옛이야기 바로 보기

바람직하지 않다.

옛이야기 다시쓰기는 박제된 이야기에 생명을 불어넣는다는 점에서, 또 옛날과 오늘날을 잇는다는 점에서 매우 소중한 작업이다. 하지만, 자칫 잘못 가공하다 보면 비뚤게 덧칠하기 또는 허물어뜨리기의 혐의를 뒤집어쓸 수도 있다. 약자 편들기와 같은 민중성은 옛이야기의 중요한 성격 중 하나인데, 이에 대한 진지한 탐구와 되살리기는 옛이야기 다시쓰기의 중요한 전제가 되어야 할 것이다.

이야기의 정체성과 정당성

① 옛날에 지혜로운 임금이 있었습니다. 임금은 사람들이 정직하게 사는 나라를 만들고 싶었습니다.

"우리 나라에는 거짓말하는 사람이 없는가?"

"예, 없습니다."

신하들은 깊이 생각하지 않고, 임금을 안심시키려고 거짓말을 했습니다.

"오, 그래? 그렇다면 내일은 사람들이 사는 마을을 내가 직접 돌아보고 싶구나."

이 말을 들은 신하들은 깜짝 놀랐습니다. 자신들이 한 거짓말이 드러날까 봐 걱정되었기 때문이었습니다.

이튿날, 임금은 마을 사람들에게 꽃씨를 나누어 주며 말하였습니다.

"이 꽃씨로 꽃을 잘 피우는 사람에게는 큰 상을 주고, 꽃을 못 피운 사람에게는 벌을 내리겠노라."

②마을 사람들은 꽃을 피우려고 정성을 다하였습니다. 그러나 몇 달이 지나도 꽃씨에서는 싹이 돋지 않았습니다. 마을 사람들은 벌을 받지 않으려고 모두 꽃집에서 꽃을 사다 심었습니다. 그러나 한 소년만은 그렇게 하지 않았습니다.

'내가 잘못해서 꽃씨가 땅 속에서 죽어 버린 모양이야. 그렇다고 임금님을 속일 수는 없어.'

소년은 이렇게 생각하였습니다.

③얼마 후, 임금은 약속대로 마을을 돌아보았습니다. 집집마다 활짝 피어 있는 꽃을 본 임금은 얼굴을 찡그렸습니다.

'꽃이 예쁘게 피었는데 왜 얼굴을 찡그리실까?'

마을 사람들은 이상하다고 생각하였습니다.

마을을 둘러보던 임금은 소년의 집 앞에서 걸음을 멈추었습니다. 소년은 떨리는 목소리로 말하였습니다.

"임금님, 용서하십시오. 저는 꽃을 피우지 못했습니다."

소년의 말을 들은 임금은 기뻐하였습니다. 임금이 마을 사람들에게 나누어 준 꽃씨는 꽃을 피우지 못하는 볶은 꽃씨였습니다.

"너야말로 정직한 아이로구나."

임금은 소년에게 큰 상을 내렸습니다.

(『초등학교 교과서 2-2 말하기·듣기』 28~30쪽, 『초등학교 교사용 지도서 2-2 국어』 128쪽)

이야기의 정체성에 대하여

초등학교 2학년 국어 교과서에 실린 이 이야기에는 크게 보아 두 가지 문제가 있다. 첫째 문제는 이것이 우리 옛이야기가 아니라는 것이다. 우리 나라에서 전해 오는 이야기 가운데 이런 유형은 전혀 발견되지 않는다. 말이야기와 글이야기를 통틀어서 그렇다. 이것은 중국 민담 '빈 화분'을 본으로 하여 고쳐쓴 것이 거의 틀림없다. '빈 화분'은 중국 민담으로 알려져 있지만, 미국 초등학교에서 정직성을 가르치는 교재로도 쓰이고 있다.*

마침 이 이야기가 그림책으로 출판되어 우리 나라에도 소개되어 있으니 그것과 교과서 이야기를 견주어 보기로 하자. 조금 긴 이야기지만 읽어 볼 만한 가치는 있을 것이다.

①옛날 중국에 꽃을 사랑하는 핑이라는 소년이 살았습니다. 핑이 심는 풀과 나무는 모두 꽃을 활짝 피웠습니다. 꽃나무도, 떨기나무도, 커다란 과일나무도 쑥쑥 자랐습니다. 마치 요술을 부리는 것 같았지요.

백성들도 하나같이 꽃을 사랑했습니다. 백성들이 온갖 곳에 꽃을 심으니 바람에서도 꽃향내가 진동했습니다.

임금님은 새와 짐승을 사랑했습니다. 하지만 꽃 사랑이 더 지극하였

* www.livingvalues.net 또는 www.asianweek.com과 같은 인터넷 사이트에서 내용을 확인할 수 있다. 이 부분에 대한 정보와 도움을 준 비교문학자 김환희 선생께 감사한다.

습니다. 임금님은 하루도 거르지 않고 어전 뜰을 가꾸었지요.

그런데 임금님은 꼬부랑 할아버지였어요. 왕위를 물려줄 후계자를 찾아야 했지요. 후계자는 누가 될까요? 임금님은 어떻게 후계자를 뽑을까요? 임금님은 꽃 사랑이 지극하여 꽃으로 후계자를 고르기로 했어요.

곧 방이 돌았습니다. '나라 안 아이들은 모두 입궐하여 임금님께서 내린 특별한 꽃씨를 받으라. 임금님께서 한 해 동안 가장 정성을 다해 꽃씨를 가꾼 아이에게 왕위를 물려주겠다 하셨느니라.'

이 소식에 온 나라가 들썩였지요! 방방곡곡에서 아이들이 꽃씨를 받으러 벌떼처럼 궁궐로 몰려들었습니다. 아비 어미는 자기 자식이, 아이들은 자신이 뽑히기를 바랐지요.

핑은 임금님에게 씨앗을 건네받으면서 세상 누구보다 행복했습니다. 가장 예쁜 꽃을 피울 자신이 있었으니까요.

②핑은 화분에 기름진 흙을 담았습니다. 그리고 조심조심 씨앗을 심었지요. 날마다 물을 주었습니다. 싹이 트고, 줄기가 자라고, 봉오리를 맺고, 예쁜 꽃을 피우는 것을 어서 보고 싶어서 애가 달았지요!

하루가 지나고 또 하루가 갔습니다. 하지만 화분에서는 아무 기미가 없었습니다. 핑은 몹시 걱정이 되었습니다. 더 큰 화분에 새 흙을 담았지요. 그리고 그 기름진 까만 흙 속에 씨앗을 옮겨 심었습니다.

또 두 달을 기다렸습니다. 여전히 아무 일도 일어나지 않았어요.

이윽고 한 해가 지나갔습니다.

봄이 오자 아이들은 임금님을 뵈러 가려고 때때옷을 차려입었어요.

아이들은 예쁜 꽃 화분을 안고 후계자가 될 꿈에 부풀어 궁궐로 몰려 갔습니다.

핑은 빈 화분 때문에 자신이 못난이처럼 느껴졌어요. 꽃 한 송이도 피우지 못했다고 다른 아이들한테 놀림을 받을 것 같았어요.

꾀돌이 동무가 탐스러운 꽃 화분을 안고 뛰어가면서 말했어요. "핑! 넌 빈 화분이니까 임금님한테 못 가겠네? 넌 내 꺼만큼 큰 꽃은 못 피웠지?"

핑이 말했어요. "난 너희들보다 백 배 천 배 더 피워 봤어. 꽃을 피우지 못한 건 이번뿐이란 말이야."

핑의 아버지가 아이들이 하는 소리를 듣고 말했어요. "정성을 다했으니 됐다. 네가 쏟은 정성을 임금님께 바쳐라."

③핑은 두 팔로 빈 화분을 끌어안고 곧장 궁궐로 갔습니다. 임금님은 하나씩 하나씩 천천히 꽃들을 살펴보았습니다. 꽃들은 하나같이 예뻤습니다! 하지만 임금님은 얼굴을 찌푸리며 아무 말도 하지 않았습니다.

마침내 핑의 차례가 왔습니다. 핑은 부끄러워서 고개를 들지 못했습니다. 임금님이 벌을 내릴 거라고 생각했습니다.

임금님이 핑에게 물었습니다. "너는 왜 빈 화분을 들고 왔느냐?"

핑은 왈칵 울음을 터뜨리며 대답했습니다. "임금님께서 주신 씨앗을 심고 날마다 물을 주었지만, 싹이 나지 않았사옵니다. 더 좋은 화분에 더 좋은 흙을 담아 심어도 싹이 나지 않았습니다! 꼬박 한 해를 돌보았지만 아무것도 자라지 않았습니다. 그래서 오늘 꽃이 없는 빈 화분을 들고 온 것입니다. 이 빈 화분이 제 정성이옵니다."

   1부 옛이야기 바로 보기

임금님은 이 말을 듣더니, 빙그레 웃으면서 핑의 어깨를 감싸 안았습니다. 그러더니 모든 아이들에게 들리도록 말했습니다. "내가 찾던 아이가 바로 이 아이다! 왕위를 물려줄 사람을 찾았노라! 너희들이 어디서 씨앗을 구했는지 나는 모를 일이로다. 내가 너희에게 나누어 준 씨앗은 모두 익힌 씨앗이니라. 그러니 싹이 틀 리가 있겠느냐."

"빈 화분에 진실을 담아 내 앞에 나타난 핑의 용기는 높이 살 만하다. 그 보답으로 이 아이에게 나라를 물려주고, 이 아이를 왕으로 삼으리라!"

(『빈 화분』, 데미 글 · 그림, 서애경 옮김, 사계절, 2006, 전문)

교과서에 실린 '꽃씨와 소년' 이, 본이 되는 이야기 '빈 화분' 과 어떻게 다른지 다시 한 번 눈여겨보아 주기 바란다. 이는 곧 옛이야기를 다시쓰거나 고쳐쓸 때 무엇을 조심해야 하는지를 알려 주는 실마리가 될 것이다. 이 부분에 대해서는 뒤에 좀 더 자세히 살펴보기로 하고, 먼저 옛이야기의 정체성에 대해서 생각해 본다.

교과서에는 이 이야기가 듣기 자료로 쓰인 까닭에, 글은 실려 있지 않고 그림과 지시문이 나와 있을 뿐이다. 아이들은 눈으로 그림을 보면서 귀로 이야기를 듣게 되는 것이다. 따라서 이 경우 그림은 이야기의 분위기를 결정하는 중요한 요소가 된다. 교과서 그림은 꽁지머리에 한복 입은 아이와, 상투 틀고 쪽진 머리에 한복 입은 어른들이 나온다. 초가집과 들판이 있는 마을 풍경이나 대궐의 솟을 대문도 영락없는 옛날 이 땅의 풍경이다. 이런 그림을 보면서 '옛날에……' 로 시작되는 이야기를 듣는 아이들이, 이것을 우리 이야기로 받아들이는 것은 당연하다. 하지만 앞서 말한 바와 같이 이 이야기는 우리 옛이야기가 아니다.

우리 아이들이 교과서에서 옛이야기를 읽거나 들을 때, 적어도 이 것이 우리 이야긴지 아닌지를 아는 것은 마땅히 누릴 권리가 아닐까. 물론 교과서는 그것을 아이들에게 제대로 알려 줄 의무가 있다. 우리 옛이야기가 아닌 것을 우리 옛이야기인 척 꾸며서 들려주는 것은 잘못된 정보를 주는 것이며, 이는 결코 바람직한 일이 아니다.

옛이야기는 살아서 떠돌아다니기 때문에 정체성을 따지는 일이 부질없다고 여길 수도 있다. 옛이야기가 구전되는 과정에서 나라끼리 지역끼리 서로 영향을 주고받는 것은 사실이며, 반드시 그렇지 않더라도 여기저기서 비슷비슷한 이야기가 나오는 것 또한 사실이다. 하지만, 이 이야기처럼 우리 나라에서 전혀 전승된 자취가 없는 이야기라면 우리 옛이야기가 아니라고 보는 것이 옳다. 그것은 '백설공주'나 '신데렐라'를 우리 옛이야기가 아니라고 보는 것과 같은 이치다.

이야기의 정당성에 대해서

하지만 더 근 문제는 이야기의 성낭성에 얽혀 있다. 정체성 문제는 다만 잘못된 정보를 주는 데 그치지만, 이야기 자체가 올바르지 못하거나 공감하기 힘든 생각을 품고 있다면 좀 더 심각해진다. 그것은 이야기 존재가치의 문제, 즉 '이런 이야기가 과연 필요한가?'

하는 물음에 이어질 것이기 때문이다. 무엇이 문제인지 교과서에
실린 '꽃씨와 소년'을 다시 한 번 차근차근 살펴보자.

　임금은 애초에 '정직한 나라를 만들고 싶어서' 가짜 꽃씨로 꽃을
피우라는 명령을 '온 마을 사람들에게' 내린다. 신하들은 '깊이
생각하지 않고 임금을 안심시키려고' 거짓말을 했으나 임금은 처
음부터 그 말을 믿지 않았다. 신하들과 백성들의 정직성을 아예 부
정한 것이다. 게다가 임금은 백성들의 정직성을 시험한다고 하면서
정작 자신은 속임수를 썼다. 이러한 행동은 결코 정당하지 않다.
　게다가 임금은 가짜 꽃씨를 나누어 주면서 '꽃을 못 피운 사람에
게는 벌을 내리겠'다고 을러대기까지 한다. 이쯤 되면 임금의 행동
은 단순한 속임수를 넘어 백성들을 일부러 골탕 먹이려는 계교가
아닌가 의심하게 된다. 부도덕한 권력자의 부당한 억압이라고 할
수밖에 없다. 여기에 대해서는 이미 김찬곤 선생이 분명하게 비판
한 글을 쓴 적이 있으므로 이를 그대로 옮겨 본다.

　임금이야 백성들이 거짓말을 하나 안 하나 보면 그만이겠지. 하지만
꽃씨를 받은 백성들 마음은 어땠을까? 아마 벼랑 끝에 선 느낌일걸?
이건 '거짓말을 하느냐 마느냐'로 따질 문제가 아냐. 생각해 봐. 임금
님 명령을 어겨서 감옥에 끌려가든지, 아니면 다른 꽃씨라도 심어서
몸을 보살피든지 하는 갈림길에 선 백성들 마음을 말이야. 이 백성들
을 보고 손가락질할 수 있을까? 개구리한테 '먹을 걸 줄게.' 하면서
돌을 던져 놓고 개구리가 그 돌을 피하자 '왜 제자리를 지키지 않았

어? 비겁한 개구리 같으니라고.’ 하는 것하고 똑같지 뭐야.*

내 생각에는, 본이 되는 중국 민담 ‘빈 화분’을 충실하게 다시썼더라도 이보다는 나은 이야기가 됐을 것 같다. ‘빈 화분’에서도 임금은 속임수를 쓰지만, 그것은 다만 후계자를 뽑기 위한 방편이었다. ‘나라 안 아이들’ 모두에게 꽃씨를 받아 가게 한 것이 조금 걸리지만, 어쨌든 꽃씨를 얻어 간 아이들은 자신의 뜻에 따라 기꺼이 임금의 시험에 들기로 한 것처럼 보인다. 따라서 임금의 속임수는 보통 백성들에게는 아무런 해를 입히지 않았다. ‘온 마을 사람들’을 대상으로, 이미 그들을 거짓말쟁이로 잡은 상태에서 들이댄 속임수와는 딴판인 것이다.

이야기꾼의 눈길, 낮추보기 또는 마주보기

백 걸음을 물러나, 교과서 이야기 ‘꽃씨와 소년’이 정직과 용기를 부추기는 ‘좋은 뜻’을 가지고 있다는 쪽에 무게를 두더라도 불편하기는 매한가지다. 처음부터 ‘지혜로운 임금’이 주체가 되어, 그의 현명함을 떠받드는 쪽으로 이야기가 펼쳐지기 때문이다. 눈길의 차이를 분명히 히기 위해 두 이야기에 밑줄 그은 내목을 선주어 보자.

---

* 김찬곤, 『1 · 2학년 교과서 문학 읽기』 웅진출판, 1999, 134~135쪽.

보다시피 들머리인 ①에서부터 '꽃씨와 소년'은 '옛날에 지혜
로운 임금이 있었습니다.'로 시작된다. 그리고 이 임금의 소망, 즉
'사람들이 정직하게 사는 나라를 만들'고자 하는 바람이 사건의
실마리가 된다. 이야기의 눈길이 처음부터 임금에게 머물러 있는
것이다. 반면에 '빈 화분'은 이렇게 시작된다. '옛날 중국에 꽃을
사랑하는 핑이라는 소년이 살았습니다.' 그리고 백성들도 꽃을 사
랑하고 임금님도 꽃을 사랑한다는 말로 이어진다. 이 이야기를 듣
는 이의 눈길은 저절로 핑이라는 아이 편에서 시작되어 백성들과
임금을 차례로 바라보게 될 것이다.

②는 꽃을 피우는 과정을 그린 것인데, 보다시피 '꽃씨와 소년'
은 그 눈길이 제삼자의 처지에 머물러 있다. 마을 사람들이 꽃씨를
바꿔치기하는 모습을 보여 준 다음 소년만은 그렇게 하지 않았다고
담담하게 말한다. 하지만 '빈 화분'은 그 과정이 철저하게 핑의 눈
길로 이야기된다. 핑이 화분에 꽃씨를 심고 정성을 다해 가꾸며 꽃
이 피기를 애타게 기다리는 모습이 묘사되어 있는 것이다.

③에서도 눈길의 차이는 뚜렷하다. '꽃씨와 소년'은 임금의 눈
길에 머물러 있지만, '빈 화분'은 여기서도 핑의 눈길을 따라가고
있다. 임금의 말과 행동조차 핑의 귀와 눈에 비친 모습으로 이야기
되는 듯하다. 결말 부분도 앞엣것은 지혜로운 임금 덕분에 정직이
값을 인정받았다는 것을 암시하지만, 뒤엣것은 다만 핑의 행복을
확인하며 마무리되었다. '빈 화분'도 핑의 정직함을 높이 떠받들
고 있지만, 그렇다고 해서 가짜 꽃씨로 꽃을 피운 다른 아이들을

거짓말쟁이로 내몰며 나무라지는 않았다. 이것이 바로 눈길의 차이이다.

옛이야기에서 바라보는 눈길을 바꾸면 이야기의 틀뿐 아니라 성격까지도 크게 달라진다. 대개의 경우 옛이야기는 처음부터 끝까지 약자의 눈길로 진행되며, 이것은 듣는 이의 주인공에 대한 동일시를 이끌어냄으로써 공감의 폭을 넓히는 구실을 한다. 비록 교훈이 담긴 이야기라도 이야기꾼은 듣는 이를 낮추보고 이래라 저래라 윽박질러서는 안 된다. 최소한 같은 자리에서 마주보고 조용조용 타일러야 한다.

이래서 옛이야기를 다시쓰거나 고쳐쓰는 작가는 약자 또는 주인공의 눈길에 충실하다는 그 본디의 성격을 다치거나 허무는 일이 없도록 조심해야 할 것이다. 이것은 한두 사람이 억지로 꿰어 맞춘 관념이 아니라, 수많은 사람들이 오랜 세월 동안 전승에 참여하면서 합의한 이야기의 실체이기 때문이다.

옛이야기의 특권, 세상 뒤집기의 즐거움

옛날, 어느 산골 마을에 아주 힘이 센 농부가 살고 있었습니다. 어느 날, 그 농부는 힘자랑을 하러 한양으로 길을 떠났습니다. 길을 가다가 다리가 아파서 소나무 아래에서 쉬고 있는데, 말을 탄 선비가 하인을 데리고 오는 것이 보였습니다. 그 때 갑자기 어디선가 도적들이 나타나 선비를 에워쌌습니다.

"가지고 있는 것을 몽땅 내놓아라."

"아이구, 우리 나리는 아무 것도 가진 게 없습니다. 제발 목숨만 살려 주십시오."

하인이 부들부들 떨면서 빌었습니다. 그러나 선비는 눈 하나 깜빡하지 않고 가만히 있었습니다. 도적들은 칼을 뽑았습니다. 이것을 본 힘센 농부가 소나무 한 그루를 뽑아 들고 달려갔습니다. 도적들은 깜짝 놀라 모두 도망을 쳤습니다.

잠시 후, 선비가 침착한 소리로 말했습니다.
"고맙소. 그런데 만일 당신보다 더 힘이 센 도적이 있었다면 어쩔 뻔했소?"
"무슨 소리요? 나보다 더 힘센 사람은 이 세상에 없소이다."
선비는 빙그레 웃더니 옆에 있던 커다란 바위를 한 손으로 번쩍 들어올렸습니다.
"당신도 이 바위를 들어 보겠소?"
농부는 한 손으로 바위를 들어올리려고 했습니다. 그러나 아무리 힘을 써도 바위는 꿈쩍도 하지 않았습니다. 두 팔로 바위를 안고 얼굴이 벌게지도록 힘을 써 봤지만, 바위는 겨우 들썩할 뿐이었습니다.

(『초등학교 교과서 3-2 말하기 · 듣기』 76쪽, 『초등학교 교사용 지도서 3-2 국어』 259쪽)

세상 뒤집기, 민중의 즐거운 꿈

문제를 하나 내는 것으로 이야기를 시작하겠다. 호랑이와 토끼가 겨루면 누가 이길까? 참 싱거운 문제다. 그야 물론 호랑이가 이기겠지. 아니, 그와 같은 힘겨룸은 애당초 이루어질 수조차 없을 것이다. 호랑이는 언제나 잡아먹는 쪽이고 토끼는 언제나 잡아먹히는 쪽이니까. 하지만 그것은 현실 세상 얘기다. 옛이야기 세상에서는 열이면 열 토끼가 호랑이를 이긴다. 토끼가 호랑이한테 잡아먹히는 법은 없다. 왜 그런가?

알다시피 옛이야기는 상상력이 낳은 것이다. 상상은 자유롭고 발랄할수록 빛난다. 고단한 현실을 힘겨워한 백성들은 늘 꿈꾸기를 즐겼고, 꿈과 상상력이 만나 이야기를 만들었다. 여기에서 통쾌한 '세상 뒤집기'가 일어난다. 현실에서 도저히 이룰 수 없는 꿈이 이야기 속에서는 날개를 달고 훨훨 날아가는 것이다. 스스로 약자임을 인식한 백성들이 이야기 속 약자를 내세워 꿈을 실현시킨 것이다. 옛이야기 세상에서 언제나 약자가 강자를 이기는 까닭이 여기에 있다.

그래서 세상 뒤집기 또는 강약 뒤집기는 옛이야기의 특권이다. 만약 이 권리를 허투루 여기고 내버리면 이야기에 생기가 빠져 못 쓰게 된다. 꾀 많은 토끼가 어리석은 호랑이를 보기 좋게 물리친다는 이야기는 많지만, 슬기로운 호랑이가 바보 토끼를 혼내 준다는 이야기는 없다. 가난한 농사꾼이 부자영감의 횡포를 슬기로써 이겨 낸다는 이야기는 얼마든지 좋지만, 점잖은 부자가 떼쓰는 가난뱅이를 훈계한다는 이야기는 있을 수 없다. 그 까닭은? 현실에서 언제나 강자에게 당하기만 하는 민중들이, 이야기 속에서조차 그들의 분신인 약자를 괴롭히고 싶을 리 없기 때문이다.

'힘자랑하다가 망신당한 이야기'의 본모습

우리 나라 곳곳에 전해 오는 옛이야기 중에는 힘자랑 또는 힘겨루기에 얽힌 것이 많다. 그 중에 풍자성이 짙은 것으로 '힘자랑하다가 망신당한 이야기'가 있는데, 이 유형에 나타나는 공통된 줄거리는 대개 다음과 같다.

(1) 힘센 사람이 힘자랑하러 집을 나선다.
(2) 도중에 저보다 힘센 사람을 만나지만 알아보지 못한다.
(3) 그 앞에서 섣불리 힘자랑하다가 망신당한다. (또는 우연히 그의 힘을 엿보고 놀란다.)
(4) 다시는 힘자랑하지 않고 얌전하게 산다.

누구나 쉽게 알아챌 수 있듯이, 이 이야기는 힘만 믿고 으스대는 사람을 풍자하려고 만든 것이다. 따라서 힘자랑하는 사람은 겉보기에 강자요, 힘을 숨긴 사람은 겉보기에 약자여야 한다. 이를테면 몸집이 우람한 장사가 어린 초립둥이를 얕보다가 당한다는 식으로 이야기가 펼쳐져야 하는 것이다. 그래야 '대신 겪기'의 즐거움뿐 아니라 '세상 뒤집기'의 통쾌함도 제대로 살아나기 때문이다. 다음 이야기를 살펴보자.

그래, 그래 이 선부가 생각에 이거 전에 어는 양반도 호랭이가 뭣이 어떻다 카고 힘이 모지래는데 이게 내가 힘이 인간하구나, 내 힘을 안 부리고는 내가 몰라서 호랭이 카는 그기야 내 대갈빼기 쥐면 강새이 한 바리만침 만만을 쥐고 있이이 죽었는데, 그래 인자 아직을 먹고 나서 '에라, 이놈의 자석 보자. 나카머 힘 더 존 사람 얼매나 있는고.' 싶어 힘불림하러 나갔거던.

　힘불림하러 인자 어쩐 집에 저 왔더란다. 한낮 다 돼 가지고 인자 가인게 술집 주모가 술단지를 안고 담배를 푸무 이래 앉았거던. '아이구, 인자 술이나 한 잔 먹을, 먹어야겠다.' 카고 드가인게, 그래 술로 한 잔 먹으미 이래 보인게, 아 이놈의 자석 여여 곰배팔이 짱채다리 이놈아가 절쑥절쑥 저는 기 한쪽 팔을 몬 씨고, 한쪽 다리를 몬 씨며 쩔룩쩔룩 절미 왼쪽 저씨래이 나무 뚱개이를 몽땅몽땅한 거를 어북 굵다 안 카나. 이놈을 가 오디 국솥을 인자 술국, 이거를 불을 모두는데 본게, 아이 성한 발로 요 요래 한쪽 모서리를 밟디 성한 손으로 나무 쪼록쪼록 째이께네 부석에 다 주옇거던. 째이게, 야 저놈아가 저것 곰배팔이 장채다리 저놈의 자식이 힘은 얼매나 신지 나무 뚱개이를 째여서 마 저래 때노 카고, 그래 그놈아 불을 한 부석 모다 놓고 빗자리를 하나 들고 마당을 찔찔한데 마당 씰러 나가뿌거던. '에라 이놈의 자석, 보자. 나도 니러가 한번 째 볼빽에.' 이놈 빌어물 자석 두 번 달라들어 땡기 봐야 머 째지만 하만 어긋지도 안 하거던. 마 바아 가마이 들와서 인자 앉아 술로 묵고 앉았다. 앉아서, '그래 아 이 힘불림하러 왔다가는 큰일나겠구나. 곰배팔이 장채다리 저놈아가 힘이 나 요랑하마 및 배로 가진동 모르겠다. 카고 있으니까, 잠자코 앉아 술로 묵고 앉아 절마가 오더란다. (줄임)

그래가지고 마 그래 그 선부가, '어뿔상 심불림하러 나가다는 이거 죽겠구나.' 절마가 인자 말고 그래 하는 기라.

"그런 심 가지골랑 어데 가 심지 자랑하지 마라."

이카더란다. 그거 어떡하다 싶어 마 그래 와가지고는 이떡 마마 다시 심불림도 해 보도 안 하고 내 힘 얼매나 되는지 이것도 모린다 안 카나. 모리고, 그 이바구 다 했심다.

(『한국구비문학대계 7-14 경북 달성군편』 99~104쪽)

사투리가 심하여 읽기가 좀 힘들겠지만 줄거리를 대강 이해하는데 큰 어려움은 없을 것이다. 줄거리를 다시 간추려 보면 이렇다. 주인공인 선비가 어느 날 자신의 힘이 대단하다는 것을 알고 힘자랑하러 나선다. 도중에 주막에 들렀는데, 곰배팔이에다 절름발이인 사내가 부엌 아궁이에 불을 때면서 장작을 손으로 찢어 넣는 것을 본다. 사내가 자리를 비운 사이에 자기도 한번 해 보았는데 어림도 없다. 나중에 사내가 나타나 하는 말이, 자기가 전에 만난 조그마한 상주는 저보다 힘이 백배나 더 셌다고 한다. 그 소리를 들은 선비는 두 번 다시 힘자랑 같은 것 하지 않고 살았다는 것이다.

알다시피 이와 같은 것이 '힘자랑하다가 망신당한 이야기'의 본보기다. 힘장사가 힘자랑하러 나섰다가 보잘것없어 보이는 상대에게 당하고 겸손해진다는 것이다. 이때 힘자랑하러 나선 이는 신분이나 물리력에서 당연히 강자이며 그를 깨우치는 이는 뜻밖의 약자이다. 이 '뜻밖'의 효과가 클수록 재미나고 신선한 이야기가 된다.

　　　　　　　　1부　옛이야기 바로 보기

위 이야기에도 힘자랑하러 나선 이는 선비고, 그를 깨우친 이는 곰
배팔이 절름발이인 주막집 사내이다. 강자가 약자에게 망신당하는
모습의 전형이라 할 만하다. 각편에 따라서는 몸집 큰 힘장사가 지
게꾼에게 당하고, 지게꾼은 늙은 농사꾼에게 당하고, 늙은 농사꾼
은 시골 처녀에게 당한다는 식의 내림틀(점강구조)를 보이는 것도
있다. 강약의 차례를 완전히 뒤집어 놓은 모습인데, 이것이 바로 풍
자의 참모습이다.

뒤바뀐 처지, 불편한 공감

자, 이제 교과서 이야기를 다시 살펴보자. 주인공 격인 농부는 힘
자랑하러 한양으로 가다가 도중에 우연히 선비를 만난다. 갑자기
도적떼가 나타나 선비가 곤경에 빠지자, 농부는 그를 구하려고 소
나무를 뽑아 들고 도적에게 달려간다. 그 서슬에 놀라 도적이 물러
간 뒤 선비는 바위를 한 손으로 번쩍 들어 보이며 농부에게도 들어
보라고 한다. 농부가 힘을 써 보았지만 바위는 그저 들썩할 뿐이다.
교과서는 이 이야기 뒤에 다음과 같은 문제를 내놓고 아이들에게
답할 것을 요구한다. '바위를 들지 못한 농부는 어떻게 하였겠습니
까?' 그리고 교사용 지도서에는 이런 모범답안이 나와 있다. '힘자
랑을 한 것이 잘못이라는 걸 알고 한양 길을 포기하고 말았을 것이
다.' 또 '농부와 선비의 성격은 각각 어떠합니까?'에 대해서는
'선비는 자기의 능력을 떠벌리지 않지만 농부는 뽐내기를 좋아한

다. 선비는 침착하지만 농부는 급하다.'와 같은 모범답안을 내놓고 있다. 이것은 과연 온당한가?

농부는 비록 힘자랑하러 집을 나섰지만, 선비를 만났을 때는 도적들이 나타나 선비를 을러대고 있는 상황이었다. 이 때 농부가 소나무를 뽑아 들고 달려간 것은 위험에 빠진 선비를 구하려는 선의 이상도 이하도 아니었다. 힘자랑을 하려고 그런 것이 아니라는 뜻이다. 그런데 선비는 어떻게 했나? 도적들이 물러간 뒤에 한 손으로 바위를 들어 보이며 농부를 훈계했다. 이미 위험이 사라진 상태에서, 다만 농부에게 자신의 힘이 얼마나 센지를 보여 주려고 그런 짓을 한 것이다. 선비의 행동에 농부를 깨우쳐 주려는 선의가 들어 있다 하더라도 이건 힘자랑일 뿐이다. 다시 말해 정작 힘자랑을 한 사람은 농부가 아니라 선비 쪽이다. 그런데도 교과서는 은근히 힘자랑한 선비를 떠받들고 옳은 일을 한 농부를 나무라는 쪽으로 아이들을 이끌고 있다. 이것은 온당하지 않다.

게다가 두 인물은 애당초 신분의 높낮이가 다르다. 하인을 데리고 다니는 말 탄 선비와, 혼자서 걸어다니다가 다리가 아파서 쉬는 산골 마을 농부를 견주어 보면 분명히 농부 쪽이 약자이다. 약자가 강자에게 당하는 모습을 그린 것이다. 강자와 약자의 자리를 바꿔 놓은 *까닭*에 '상자가 약자를 풍자하는' 어색한 모양새가 되고 말았다. 이 이야기를 읽는 아이들은 통쾌함을 느끼기보다는 무안하고 불편한 마음이 될 것 같다. 왜냐하면 아이들은 스스로를 약자로 인식하기 때문에 언제나 이야기 속 약자와 한 몸이 되는데, 죄도 없이 강자에게 무안을 당한 약자의 처지가 되고 보면 불편하지 않겠는가. 풍자의 주체와 대상이 바뀌면 이처럼 이야기는 어색하고 불편해진다.

한 가지 덧붙이자면, 교과서에 실린 이야기가 백성들 사이에서 구전돼 온 우리 옛이야기인지 여부도 확실하지 않다는 것이다.*

---

* 이 글을 쓰면서 『한국구비문학대계』(정신문화연구원)와 『한국구전설화』(임석재, 평민사)를 비롯한 자료를 여럿 뒤져보았지만, 아직 이런 줄거리를 가진 이야기를 발견하지 못했다. 혹 다른 구전자료나 문헌자료에 들어 있는지는 알 수 없다.

이야기의 국적, 어떻게 할 것인가?

여름철 밤 하늘에는 동남쪽에서 북쪽으로 가로지르는 은하수가 있습니다. 은하수 동쪽에 희미하게 빛나는 견우별이 있고, 은하수 서쪽에 청백색을 띤 직녀별이 있습니다.

견우별(알타이르)과 직녀별(베가)에는 슬픈 사랑의 이야기가 전해 옵니다.

옛날 하늘나라의 옥황상제에게 직녀라는 예쁜 외동딸이 있었습니다. 그녀는 매일 베틀에 앉아 옷감을 짜고 있었는데, 그 솜씨가 너무 뛰어나 하늘을 지나는 별들도 잠시 멈추어 옷감 짜는 모습을 지켜볼 정도였습니다.

어느 날, 직녀는 일을 하다가 강둑을 따라 양과 소를 몰고 가는 목동을 보게 되었고, 그 목동과 눈이 마주치는 순간 목동에게 반하게 되었습니다.

이 일이 있은 후부터 직녀는 잠을 이룰 수가 없었고, 며칠을 고민하다가 옥황상제에게 속마음을 고백했습니다. 옥황상제는 견우라는 목동이 총명하고 마음씨가 착한 것을 알았기에 선뜻 두 사람을 결혼시켜 주었습니다.

두 사람은 너무나 행복한 나머지 자신들이 해야 할 일을 까맣게 잊고 말았습니다. 옥황상제는 견우와 직녀를 불러다 여러 차례 타일러 보았지만, 그들은 얼마 안 가서 다시 게을러졌습니다.

화가 난 옥황상제는 직녀와 견우를 떼어 놓고, 1년에 한 번만 만나도록 했습니다.

견우와 직녀는 떨어져 살다가 음력으로 칠월 칠석(7월 7일)이 되면 배를 타고 은하수를 건너 만났습니다. 그렇지만 비가 와서 강물이 불어나면, 배가 뜨지 못하여 두 사람을 매우 안타깝게 했습니다. 강 건너편에서 직녀가 울고 있는 모습을 보고, 까마귀들이 날아와 날개로 하늘에 다리를 만들어 두 사람을 만나게 해 주었다고 합니다.

칠월 칠석에 비가 오면, 견우를 그리는 직녀가 눈물을 흘렸기에 비가 온다는 이야기가 전해져 오고 있습니다.

견우와 직녀에 대한 이야기는 우리의 마음을 슬프게 합니다. 그러나 자기의 할 일을 게을리하는 사람에게는 그만큼 고통이 뒤따른다는 교훈을 주기도 합니다.

(『초등학교 교과서 4-1 실험관찰』 70쪽)

옛이야기의 갈래 또는 국적

교과서에 실린 옛이야기의 갈래 또는 국적은 어디까지 아이들에게 밝혀야 하는가? 너무 자세하게 알려 주면 외려 짐이 될 듯도 하고, 그렇다고 너무 성의 없게 밝히는 일 또한 정보를 제대로 전달하지 않았다는 점에서 흠이 될 것 같다. 이래저래 까다로운 문제이긴 하지만, 상식에 기대어 생각하면 해답 구하기가 그리 어려운 것만은 아니다.

내 생각에는, 이야기가 신화냐 전설이냐 민담이냐 하는 것은 초등학생 정도 아이들에게 구태여 알릴 필요가 없을 것 같다. 이야기의 갈래라는 것도 따지고 보면 연구자들이 자기 편의를 위해 만든 것이 아닌가. 아이들에게 갈래를 알게 하는 것이 오히려 짐이 될 수도 있겠다는 생각이다. 교사나 학부모가 알고 가르치는 것으로 충분할 것이다. 하지만, 이야기가 우리 것이냐 아니냐 하는 것은 아이들에게도 알려 주는 것이 옳다고 생각한다. 그것이 정직하고 책임 있는 어른의 태도가 아닐까. 우리 아이들은, 적어도 교과서에 실린 이야기가 우리 이야기인지 남의 이야기인지 정도는 알고 배울 권리가 있다.

‘견우와 식녀’ 이야기의 정체를 밝히는 일은 좀 까다롭다. 우선 이것이 신화냐 아니냐 하는 문제가 걸린다. 신화를 어떻게 뜻매김하느냐에 따라 다른 대답이 나올 수 있지만, 땅에 사는 사람들의 이야기가 아니라 하늘에 사는 신들의 이야기니 신화로 보는 것이 옳겠다. 견우와 직녀를 아예 인간세상 사람으로 규정하고 옥황상제 대신 임금이나 촌장을 내세운다면 민담이 될 수도 있겠지만 그런 이야기는 드물다. 견우직녀는 어쨌든 은하수와 오작교를 떼어놓고 생각할 수 없기 때문이다.

그 다음에는 국적 문제가 있다. 이 이야기는 우리 이야기인가, 중국 이야기인가? 우선 사서삼경 중 하나인 『시경』에서 직녀와 견우를 언급한 구절을 잠깐 살펴보자.

하늘엔 은하수가 있어 희미하게 빛나고 있는데
직녀를 바라보니 하루 종일 일곱 번이나 베틀에 오르네.
일곱 번이나 베틀에 오르면서도 천은 이루지 못하고
반짝거리는 저 견우성은 수레를 끌지 않네.
(『시경』 소아편 '대동'에서)

『시경』이 기원전 5세기쯤에 나왔다고 하니, 이때 이미 견우직녀 이야기가 중국에 널리 퍼져 있었으리란 걸 짐작할 수 있다. 그 뒤 한나라 때 나온 『고시십구수』에도 견우직녀의 애달픈 사연이 노래로 다듬어져 실려 있는 것으로 보아* 이 이야기가 중국에서 생겼다는 것은 의심할 필요가 없을 듯하다.

문제는 우리가 알고 있는 견우직녀 이야기가 정말 중국에서 흘

---

* 정재서, 『이야기 동양 신화 1』, 황금부엉이, 2004, 115쪽.

러들어온 것인가, 또 그렇다고 하더라도 이것을 우리 이야기로 볼 수는 없는가 하는 것이다. 이것을 좀 더 차근차근 생각해 보기로 하자.

우리 이야기와 남의 이야기를 가르는 경계

줄거리를 놓고 보면 중국 견우직녀 이야기와 우리가 알고 있는 견우직녀 이야기 사이에 큰 차이는 없다. 게다가 견우, 직녀, 은하수, 오작교와 같은 이름까지 똑같은 것으로 미루어 이 이야기가 중국에서 생겨나 우리 나라로 흘러들어왔다는 사실은 거의 틀림없는 듯하다. 평양 덕흥리 고구려 옛무덤 벽그림에 이미 견우직녀가 은하수를 사이에 두고 서 있는 그림이 그려져 있는 걸 보면 이미 삼국 시대에 이 이야기가 건너왔다는 것도 알 수 있다.

어떤 비슷한 이야기가 여기저기서 발견될 때 그 정체를 정확히 밝히는 일은 어렵다. 하지만 아이들에게 이야기를 들려주는 작가나 교사, 학부모들에게 이 문제는 때때로 절실하다. 적어도 우리 이야기인지 아닌지는 알아야 아이들에게 말해 줄 수 있을 게 아닌가. 이 문제에 대해서 지금까지 학자들이 논의해 온 것을 보면 대체로 두 가지 견해가 있는 것 같다. 하나는 어떤 방식으로든 서로 영향을 주고받았으리라는 거고, 하나는 그런 영향 없이 처음부터 따로 생겨났으리라는 견해다. 연구자들은 저마다 많은 증거와 정교한 논리를 내놓고 있지만, 우리(작가나 교사, 학부모)가 그것을 다 공부하기

  1부 옛이야기 바로 보기

는 어렵다. 설령 다 공부한다고 해서 금방 명쾌한 답이 나오는 것도
아니다.

그래서 거칠지만 상식에 기댄 기준을 하나 마련해 본다. 우선, 줄
거리가 비슷하더라도 낱낱의 화소에 분명한 차이가 있거나 소재가
딴판일 경우는 각각 다른 이야기로 보자는 것이다.

가령 '콩쥐팥쥐'와 '신데렐라'는 줄거리가 비슷하지만 소재가
아주 딴판이다. '쇠호미, 나무호미, 밑 빠진 독'과 '마차, 무도회,
유리구두'는 그 정서에 엄청난 차이가 있다. 세상살이는 어느 곳
이나 비슷할 테니, 비슷한 이야기가 여기저기서 생겨난대도 조금
도 놀랄 일이 아니다. 이런 것은 순수한 우리 이야기로 보아야 할
것이다. '나무꾼과 선녀'와 '백조처녀', '구렁덩덩신선비'와 '뱀
신랑', '우렁각시'와 '달팽이아가씨'를 다 이런 묶음에 넣어도
좋겠다.

화소가 거의 비슷하고 소재에 별다른 차이가 없더라도, 오랜 세
월 동안 우리 나라에서 전승되어 왔다면 우리 이야기로 쳐도 괜찮
지 않을까.

예를 들어 '비만 오면 우는 청개구리' 이야기는 중국 당나라 때
나온 『속박물지』와 『유양잡조속집』이라는 책에도 실려 있지만,*
그렇다고 해서 이것을 우리 이야기가 아니라고 보는 것은 지나치
다. 많은 자료가 오래 전부터 우리 나라에서 전해 왔음을 말해 주기

때문이다.

　‘견우와 직녀’ 이야기도 이미 『삼강행실도』를 비롯한 많은 문헌에 실려 있는 것으로 보아 전승된 내력이 짧지 않음을 알 수 있고,* 이로써 우리 이야기로 보아도 크게 무리가 없을 것 같다. 다만, 아이들에게 이 이야기가 처음에 다른 나라에서 생겨났다는 것을 알려 주는 정도는 예의가 아닐까 싶다.

　누가 봐도 판박이 같은 이야기가 있는데 외국 문물이 밀려들기 전에 우리 나라에서 전해진 증거도 없다면, 이것은 우리 것이 아니라고 의심할 만하다. ‘혹부리영감’ 같은 이야기가 바로 좋은 보기가 된다.

　이것이 일본 민담 ‘혹과 할아버지(こぶとりじい)’와 판박이라는 점은 명백한 사실이고, 일제강점기 교과서에 실리기 전에는 어디에도 전승된 증거가 없기 때문이다. ‘금도끼 은도끼’**나 ‘꽃씨와 소년’ 같은 것도 마찬가지 경우다. 이런 것이 우리 이야기가 아닌 것은 마치 ‘신데렐라’가 우리 이야기가 아닌 것과 같은 이치다. 이야기의 국적이 분명한 경우 우리는 아이들에게 그것을 밝혀 줄 의무가 있다.

---

* 『삼강행실도』에 나오는 충신·효자·열녀 이야기 중 90% 이상이 중국 이야기라는 점은 눈여겨봐야 한다. 이것은 ‘견우와 직녀’가 중국에서 들어왔다는 점을 뚜렷이 해 주는 증거이기도 하다. 그러나 『삼강행실도』가 나온 뒤 이 이야기가 자연스럽게 우리 민간에 떠돌았으리라는 짐작은 쉽게 할 수 있다.

** 이솝 우화 또는 라 퐁텐 우화에 보이는 ‘나무꾼과 헤르메스’ 이야기와 다르지 않고, 현대에 와서 글로 전해졌다는 점으로 미루어 보면 그렇다.

결론을 말하면 이렇다. '견우와 직녀'는 중국에서 생겨난 신화이지만, 우리 나라에 흘러들어와 오랜 세월 동안 전해져 온 것이 분명하므로 우리 이야기로 보아도 괜찮을 것이다. 다만 아이들에게 이야기의 뿌리를 알려 주는 일은 필요하겠다.

한 가지 덧붙이자면 이 이야기는 대부분 문헌으로 전해올 뿐, 구전이야기로는 큰 전승력을 얻지 못한 듯하다. 『한국구비문학대계』와 같이 최근에 받아쓴 자료에도 이 이야기가 거의 발견되지 않는 것을 보면 틀림없이 그렇다.

'교과서 같지 않은 교과서'를 바라며

'견우와 직녀' 이야기의 주된 성격은 무엇인가? 누가 이렇게 묻는다면 누구나 다 '사랑 이야기'라고 대답할 것이다. 그만큼 이 이야기의 서사는 견우와 직녀라는 두 남녀의 애달픈 사랑에 초점이 맞추어져 있다.

그리고 사랑은 평등한 것이다. 여기에 주종관계는 끼어들 여지는 없다. 그런데도 많은 문헌들은 이 이야기에 '부위부강(夫爲婦綱)'이나 '여필종부(女必從夫)'와 같은 난폭한 유교 이념을 덮어씌운다.

조선 초기 나라에서 백성들을 '교화'하기 위해 만든 『삼강행실도』에도 이것을 '열녀이야기'로 분류하고 있다. 놀라운 응용력이다. 모름지기 여자는 남편에게 모든 것을 바치고 순종해야 한다는 이 야만스러운 이념이 아직까지 이야기 속에 남아 직녀를 괴롭히고 있다면, 우리는 마땅히 그의 해방을 위해 싸워야 하지 않을까?

교훈이라는 이름의 또 다른 억압은 또 어떤가? 교과서에 실린 이야기를 읽다 보면 끝부분에 눈길이 멎는다. 마지막 단락을 다시 한 번 읽어 보자. '견우와 직녀에 대한 이야기는 우리의 마음을 슬프게 합니다. 그러나 자기의 할 일을 게을리 하는 사람에게는 그만큼 고통이 뒤따른다는 교훈을 주기도 합니다.'

이런! 이건 놀라운 일이다. 이 말에 따르면 견우와 직녀가 겪는 이별의 고통은 당연한 것처럼 보인다. 옥황상제 같은 '윗사람'의 명령을 어기고 데이트를 즐기느라고 맡은 일을 소홀히 한 대가이므로…….

만약 이로써 아이들을 겁주어 게으름을 피우지 못하게 만들 요량이었다면, 그 목적은 이루었을지 모르나 마침내 이야기의 재미는 숨을 거두고 말았다.

옛이야기에서 교훈을 찾는 건 좋은 일이지만, 애절한 사랑 이야기에서조차 잔소리거리를 끄집어내어 시시콜콜 가르치려 드는 건 지나치다 하겠다. 하긴, 지금까지 어떤 소재를 다루거나 교훈을 앞세운 것이 바로 '교과서 같은' 교과서가 잡아 온 자세였다. 가히 '교훈상박증'이라 할 만하다.

다른 건 몰라도, 이야기를 읽을 때만은 아이들이 아무 부담 없이 즐기도록 해 줄 수는 없는가? 그런 '교과서 같지 않은' 교과서가 곧 나오기를 기대해 본다.

한 가지 덧붙이자면, '견우와 직녀' 이야기는 여기 말고 『초등학교 3-1 말하기 · 듣기』 교과서(30~33쪽)에도 듣기 자료로 나온다. 그리고, 거기에는 다행스럽게도 '교훈'에 대한 언급이 없다.

2부

옛이야기 맛 살리기

서술의 간결성, 상상력을 키우는 묘약

도둑이 어느 집에 들어갔다. 식구들은 이미 잠이 든 모양인지 집안은 고요하였다.

'마음 놓고 실컷 훔쳐 가야겠군.'

인기척이 없자, 도둑은 먼저 마루를 둘러보았다.

'웬일이지? 아무것도 없네. 참 이상하군.'

텅 빈 마루에는 값나갈 물건이라고는 하나도 없었다. 도둑은 이 집에 들어온 것이 후회스러웠다.

'그럼 부엌에는 무엇이라도 있겠지.'

도둑은 살금살금 부엌으로 들어섰다. 더듬더듬 부엌 안을 뒤져 보았으나, 역시 값나갈 물건이라고는 아무것도 없었다.

도둑은 한숨이 절로 나왔다. 한참을 둘러보았지만, 훔칠 만한 물건이라고는 부뚜막 위에 있는 오래된 솥 하나밖에 없었다.

'세상에! 이렇게 가난한 집도 있단 말인가? 우리 집도 이렇지는 않은데……'

도둑은 솥 안에 손을 넣어 보았다. 언제 밥을 지어 먹었는지 솥 안에는 차가운 기운만 감돌았다. 부지깽이 하나도 쓸 만한 것이 없었고 땔나무 한 묶음조차도 없었다.

이 집 주인의 가난한 살림살이를 보고, 도둑은 처음에는 화가 났지만 점점 딱한 생각이 들었다.

'너무도 불쌍하구나!'

도둑은 물건을 훔치겠다는 생각은 잊어버리고 오히려 동정심이 생겨서, 자기가 가지고 있던 돈 닷 냥을 솥 안에 넣어 두고 갔다.

이 집은 바로 홍기섭의 집이었다. 그는 참봉 벼슬을 하였으나, 강직하고 청렴하여 집이 매우 가난하였다. 아침 저녁 굶기를 밥 먹듯이 하는 터이니, 훔쳐 갈 물건이 있을 리가 없었다.

이튿날 아침이었다. 홍 참봉의 부인이 부엌으로 가 솥을 열어 보니 솥 안에 돈이 들어 있었다.

"이게 웬 돈일까?"

깜짝 놀란 부인은 돈을 집어 들고 남편에게 갔다.

"이건 하늘에서 내려준 돈이 틀림없어요. 우선 쌀과 나무를 샀으면 좋겠어요."

홍 참봉의 부인은 매우 기뻐하였다. 이것을 본 홍 참봉이 말하였다.

"그게 무슨 말씀이오? 누가 잃어버리고 간 것이 틀림없소, 남의 물건을 가질 수는 없소."

그러고는 울타리에다가 다음과 같이 써 붙였다.
"누구든지 돈을 잃어버린 사람은 찾아가시오."
홍 참봉의 부인은 어쩔 수 없이 남편의 말을 따를 수밖에 없었다.
한편, 도둑은 전날 밤 일이 궁금해서 홍 참봉 집을 찾아가 기웃거렸다. 그런데 울타리에 무엇인가를 쓴 종이가 붙어 있었다. 도둑이 이상히 여겨 다가가 보니, 자기가 넣어 둔 돈을 찾아가라는 내용이 쓰여 있었다.

'이렇게 가난하게 사는데도 돈을 돌려주려고 하다니…….'
도둑은 바로 홍 참봉을 찾아갔다.
"말씀드리기 송구하오나 저는……."
하면서 도둑은 어젯밤의 일을 자세히 말하였다. 그리고,
"그러하오니 그 돈을 받아 주십시오."
하며 고개를 떨구었다. 이 말을 듣고 있던 홍 참봉은 담담한 표정으로 돈을 도둑에게 내밀며 말하였다.
"아무리 받으라고 하여도 나는 남의 돈을 까닭 없이 받을 수 없소. 이 돈을 가지고 가시오."

이 일에 감동한 도둑은 그 날부터 마음을 고쳐먹고 새 사람이 되었다. 도둑은 홍 참봉 집안의 일을 도우며 홍 참봉으로부터 글을 배웠다.

그 뒤, 홍기섭은 높은 벼슬에 올랐고, 도둑도 벼슬길에 올랐다
고 한다.

(『초등학교 교과서 5-1 읽기』 110~113쪽)

인물전설과 역사 속 사실

보는 바와 같이 이 이야기는 인물에 얽힌 전설이다. 우리에게 알
려진 실제 인물 홍기섭은 조선 순조 때 문신으로, 세도정치의 소용
돌이 속에서 형조판서, 예조판서와 같은 알짜배기 벼슬을 두루 거
친 사람이다. 이야기 속 인물이 '그 홍기섭'인지 '딴 홍기섭'인지
궁금하기는 하나, 사실 이 문제를 따지는 것은 부질없다. 이야기는
이야기일 뿐, 반드시 역사 속 사실과 맞아떨어져야 하는 것은 아니
기 때문이다.

전설은 이야기요, 이야기는 문학이다. 역사는 사실이냐 아니냐를
따지지만, 문학은 그 속에 담긴 진실을 중요하게 여긴다. 많은 사람
들에게 감동을 준다면 이야기는 그것으로 값이 나간다. 이때 사실
여부는 그다지 따질 만한 게 못 되는 것이다. 물론 전설은, 그것이
인물전설이든 사물전설이든 간에, 이야기꾼이나 듣는 이 모두가 실
제로 일어난 일을 근거로 생겨난 이야기일 거라고 여긴다. 하지만
다만 그렇게 '여길' 뿐 그대로 '믿지'는 않는다. 아이들에게 전설
을 들려줄 때도 이 태도는 그대로 유효하다.

따라서, 이 이야기도 그 줄거리에 초점을 맞추는 게 옳다. 사건보다 인물을 더 크게 내세워서는 안 된다는 뜻이다. 우리가 관심을 가질 것은 '물건을 훔치러 들어온 도둑이 오히려 솥 안에 돈을 넣어 두고 간' 흔치 않은 사건이지, 홍기섭이라는 인물의 강직과 청렴이 아니다. 아이들에게 인물이야기를 들려주는 어른들이 흔히 저지르는 잘못이 이것이다. 인물의 도덕성을 드러내는 데 힘을 쏟는 나머지 이야기 자체의 매력을 소홀하게 여기는 것이다. 이런 태도가 지나치면 자칫 이야기의 완성도를 허물어뜨리기도 하니 조심할 일이다.

묘사와 상상력의 관계

여기서 한 가지 물어볼 것이 있다. 자세하고 친절한 묘사는 미덕인가? 아마, 대상이 소설이라면 그럴 것이다. 소재나 주제에 따라서 다르긴 하겠지만, 자상한 묘사를 꺼리는 경우는 거의 없을 것이다. 하지만 옛이야기는 그렇지 않다. 옛이야기는 오랜 세월 입에서 입으로 전해지면서 독특한 서술의 틀을 낳았는데, 그 중 하나가 간결성이다. 장면 묘사·심리 묘사·상황 설명이 쑥 빠지고 줄거리를 따라서 성큼성큼 나아가는 이야기 방식이 그것이다. 이는 물론 전승을 전제로 줄거리를 쉽게 기억하기 위한 장치이지만, 하나의 틀로 굳어지면서 그 자체로 매력이 되었다.

사실, 지나치게 친절한 묘사는 상상력을 제한하는 구석이 있다.

가령 이야기꾼이 어떤 장면을 눈에 보이듯이 세밀하게 묘사하면, 듣는 이의 상상력은 묘사된 장면 안에 갇히게 된다. 그러나 이야기꾼이 묘사를 절제하고 줄거리 위주로 서술하면, 듣는 이는 자유롭게 장면을 상상하면서 이야기를 즐기게 된다. 심리 묘사나 인과관계 설명도 마찬가지다.

이야기꾼이 다만 어떤 상황을 내놓기만 하면, 듣는 이가 나름대로 인물의 심리 상태를 짐작하고 앞뒤 사건을 이어 붙여 가며 이야기를 완성해 가는 것이다. 내가 생각하기에, 이 간결성이야말로 옛이야기 서술의 고갱이이자 이야기판에 생기를 불어넣는 상상력의 불씨가 아닌가 한다.

다시 위 이야기를 살펴보자. 처음부터 짧은 호흡으로 이어지는 장면 묘사가 긴박감을 자아낸다. 혼잣말로 드러내는 도둑의 심리 묘사도 그럴 듯하다. 과연 훌륭한 글체다. 소설이라면 틀림없이 그렇다. 하지만 옛이야기 문장으로는 어떨까? 아무래도 썩 환영받지는 못할 것 같다. 친절하게도 모든 것을 이야기꾼(글쓴이)이 앞장서다 말해 버리니 듣는 이(독자)는 매우 심심하게 되었다. 분명히 소설의 길과 옛이야기의 길은 다른 것이다.*

---

* 여기에 대해서는 구비문학자 신동흔 선생의 다음 말을 참고할 만하다. '설화의 길은 어떤 길인가. 간단히 말하면, 스토리를 자연스레 풀어내면서 거기 담긴 재미와 의미를 생동감 있게 살려내는 길이다. …… 작중의 상황을 이렇듯 눈에 보이듯 세세하게 재현해 나가는 것, 그를 통해 독자를 그 상황 속에 끌어들여 함께 움직여 가게 하는 것이 소설의 길이다.' (월간 『어린이와 문학』 2006년 5월호, 92~107쪽)

　이 부분을 좀 더 분명하게 하기 위해 받아쓴 옛이야기와 견주어
보자.

　옛날에 홍기석이라 카는 분이 살았는데, 홍기석이요. 그분도 역시나
참 가난했던 모양이래요 가정이. 그래 인제 가난해도 그 하인을 거느
렸거든요. 그런데 참 어떤 날 그 유씨라 카는 사람이요, 그 집에 도둑
질하러 갔는기라요. 옛날에는 그 솥 겉은 거 그런 것도 돈이 컸던 모
양이래요. 그래 부엌에 가서 솥을 찾을라고 보니, 참 그 집이 어떻게
가난하든지 솥백이없고 먹을 것이 전연 없는 거 같더래요. 그래서요,
그래 인제 도적 카는 거를 자기가 마음을 순간적으로 회심이 갔는 거
라요. 그 솥 안에다가 돈을 여 놓고요, 돈을 여 놓고 그래 인제 갔는기
라요.

　갔는데 그래 그 다음날은 인제 이 댁에서 어떻게 하시는고 본다고
봤던 모앵이라. 가서 보는데, 그래 그 하녀가요, 그 참 아침에 그 부엌
에 인제 나가서 솥을 열어 보니까요, 돈이 들어가주 있거든요. 돈이
들어있어 돈을 가주 나와서 상전한테요,
　"아이, 돈이 얼마만창 들었으이 이만하만 쌀이 및 석이고 나무가 및
바리가 되고 그래 좋다."
　캐미 이래 뛰고 이래 하인게, 그 참 주인께서 상전이요, 예.
　"돈을 그 임자를 찾아 주야 되지 내 돈이 아닌 걸 그렇기 좋아거릴
거 뭐 있냐?"
　문 위에다가요, 글을 써 붙있어요.
　(『한국구비문학대계 7-16 경북 구미 · 선산편』 71~72쪽)

　　　　　2부　옛이야기 맛 살리기

한눈에 보아 이 이야기를 구연한 분은 그다지 재주 있는 이야기
꾼이라고 할 수 없다. 말하자면 이 이야기는 서툰 이야기꾼이 약간
긴장한 상태에서 구술한 것이다. 그러기에 분위기에 여유가 없어
보이고 말투도 상당히 어눌한 편이다. 하지만 이야기 방식은 구전
이야기의 본보기라 할 만하다. 줄거리 전달에 충실할 뿐 조금도 한
눈을 팔지 않는 것이 똑 그렇다. 처음부터 이름을 밝히고 들어가는
것도 그렇고, 장면 묘사·심리 묘사·상황 설명이 최소화된 것도
또한 그렇다.

이야기꾼을 위한 충고

여기서 한 가지 의문이 생긴다. 구전된 옛이야기가 독특한 서술
방식을 가졌다고 해서 글로 쓸 때도 반드시 그 틀을 따라야 하나?
분명히 말과 글에는 다른 점이 있는데 말이다. 하긴 말은 생기 넘치
지만 어수선하고 글은 말보다 생동감은 떨어지되 훨씬 다듬어지고
정돈되어 있다. 이 차이는 당연한 것이다. 하지만, 그것으로 입말과
글말의 차이가 정당화될 수는 없다. 다만 좀 더 가지런해질 뿐, 결
국 글은 말을 적는 수단이 아닌가.

구전되는 옛이야기의 간결성은 글로 옮긴다고 해서 버릴 까닭이
없다. 그것은 듣는 이의 상상력을 자극하는 이야기 방식이며 그 자
체로 장점이기 때문이다. '읽는' 글 안에 '듣는' 이야기의 장점을

살리려면 이러한 성질을 적극 살려나가는 게 필요할 것이다. 그래서 만약 어떤 옛이야기 책을 아이들이 재미있게 읽지 않는다면, 그 서술이 너무 친절하고 장황하지 않은지 의심해 볼 필요가 있다. 그리고 이 의심은 사실로 이어질 때가 많다.

이야기꾼을 위한 충고를 한 마디 더 한다면, 듣는 이가 묻기 전에는 그 어떤 뜻풀이도 하지 말라는 것이다. 가령 이야기 속에 나오는 옛날 물건들을 하나하나 설명하는 것은 오히려 이야기를 즐기는 데 걸림돌이 될 수 있다. 또, 아이들이 이야기를 듣다가 어떤 상황에 대해 미심쩍은 부분을 물어 올 때도 지나치게 자세한 설명은 피하는 게 좋다. '정답'을 알려 줌으로써 되레 아이들의 상상력을 가두어버릴지도 모르기 때문이다.

이럴 때 능숙한 이야기꾼이라면 도리어 '너는 어떻게 생각하니?' 하고 되물음으로써 상상력을 일깨울 것이다. 너무 친절한 이야기꾼은, 사실은 친절한 것이 아니라 독선에 빠진 것일지도 모른다. '내가 다 알아서 이야기할 테니 너는 그저 듣기만 해라.' 는 독선 말이다. 아이들은 누구나 말 잘 듣는 기계가 되기보다 상상하는 자유인이 되기를 원한다.

한 가지 사족을 붙이자면, 왜 이런 옛이야기에서 아내는 늘 남편의 '높은 뜻'을 이해 못하는 속물로 그려질까? 교과서 이야기에서도 홍 참봉의 부인은 뜻밖에 생긴 돈을 보고 좋아라 하며 당장 쌀과 나무를 사고자 한다. 그러다가 홍 참봉에게 지청구를 듣는 것인데, 과연 세상 아내들은 모두 남편보다 '세속적' 인가? 그리고 그것은 본디 여자의 시야가 남자보다 좁기 때문인가?

　백 걸음을 물러나, 만약 실제로 그렇다 하더라도 그건 오로지 아내 탓인가? 집안 살림을 꾸려갈 짐을 모두 아내에게 지워 놓은 상황에서 그건 정말로 나무라기만 할 일인가? 여러 가지 의문이 꼬리에 꼬리를 문다.

옛이야기말, 우리 입말의 본보기

황새의 재판

옛날, 꾀꼬리와 뻐꾸기, 따오기가 모여서 서로 자기 목소리가
좋다고 싸우고 있었대. 하루는 꾀꼬리가 ①제안을 하였다지.

"우리, 이렇게 싸우지만 말고 재판을 받아 보자."

"황새가 지혜도 있고 일도 바르게 처리한다니, 우리가 ③그를
찾아가 누구 목소리가 가장 좋은지 결정해 달라고 하는 것이 좋
겠어."

따오기가 ②대답하였어. 하지만, 따오기는 ④자기의 목소리에
자신이 없었지. 그래서 ③그 날 이후로 황새를 따라다니며 황새
가 먹는 것을 ②살펴보았어.

며칠 뒤 따오기는 개구리, 우렁이, 두꺼비, 올챙이, 거머리, 구
렁이, 물뱀, 찰거머리, 쥐며느리, 딱정벌레, 굼벵이, 지렁이 ③등

을 모아 가지고 맵시 있는 붉은 박에 보기 좋게 담아서 황새 집으로 가져갔지.

잠을 자던 황새는 따오기 목소리에 놀라 눈을 떴어.

'이놈이 이 밤중에 나타났으니 무언가 부탁하려고 온 게 틀림없어. 가져온 것이 ②무엇인지 먼저 ①확인해야겠군.'

황새는 따오기가 가져온 선물에 마음이 흐뭇하여 따오기한테 찾아온 이유를 물었어. 따오기가 ②말하였지.

"꾀꼬리와 뻐꾸기, 저, 이렇게 셋 가운데 누구 목소리가 가장 좋은지 겨루기로 하였습니다. 아무쪼록 제가 이길 수 있도록 도와 주셨으면 합니다."

"그래? 쉽게 들어줄 수 있는 부탁은 아니구나! 그러나 내 한번 힘을 써 보도록 할 테니, 염려 말고 돌아가거라."

날이 밝자, 세 짐승이 ④황새의 집에 모였어. 드디어 재판이 ② 시작되었어. 먼저, 꾀꼬리가 소리를 곱게 냈지. 황새는 꾀꼬리의 아름다운 소리에 감탄하였지만,

"네 소리가 비록 아름답지만 가벼워 쓸 데가 없구나."

하고 ②말하였어. 그 다음에 뻐꾸기가 목청을 가다듬어 소리를 냈지.

"네 소리가 비록 아름다우나 근심이 많아 슬프게 들리는구나."

뻐꾸기도 창피하여 물러났어. 이번에는 따오기가 자신만만하게 큰 소리를 냈어. 황새가 ②말하였어.

"네 소리는 장군의 목소리로다. 네 소리가 웅장하니 대장부의 기상이로다."

(『초등학교 교과서 5-1 읽기』 26~27쪽)

이야기의 속내, 절묘한 풍자

이 이야기는 '노래재판' 또는 '한무지와(恨無之蛙, 개구리 없음
을 한탄함)' 라는 이름으로 우리 나라 곳곳에서 두루 전승되는 민담
이다. 세태이야기 또는 풍자이야기라 할 만하며, 한국정신문화연구
원에서 마련한 한국설화유형분류에 따르면 「442-10 뇌물 받고 부
정 저지르기」에 해당된다. 보다시피 날짐승들의 노래 겨루기라는
우화를 내세워 사람사회의 부정과 비리를 절묘하게 풍자한, 뛰어난
구조를 가진 이야기다.

이 노래재판 이야기는 위에 보인 것처럼 독립된 이야기로 전해지
기도 하지만, 대개 그림틀(액자)이야기 형식에 담겨 전승되는 경우
가 많다. 즉, 임금이 미행을 나갔다가 가난한 선비한테서 한 이야기
를 듣고 깨달은 바 있어 과거를 베풀고 제목으로 암시하여 그 선비
를 급제시킨다는 것이다. 선비가 임금에게 해 준 이야기가 바로 이
'노래재판' 임은 두말할 나위가 없다. 그림틀이야기로 쓰인다는 건
그만큼 풍자성이 강하다는 뜻이다.

이야기를 이끄는 인물은 세 부류로 나뉜다. 뇌물을 주는 쪽과 받
는 쪽, 그리고 피해를 입는 쪽. 교과서에는 따오기와 황새, 꾀꼬리
와 뻐꾸기를 내세웠지만 각편에 따라 딱따구리나 왜가리, 까마귀,
부엉이가 나오기도 한다. 어느 경우나 고갱이는 노래 못 하는 새가
심판관에게 뇌물을 바쳐 판정을 뒤집는 데 있다. 위 이야기에서도
따오기는 새 중에서 가장 노래를 못 하지만 황새에게 뇌물을 바친

덕에 가장 좋은 평가를 받는다. 비슷한 이야기 한 편을 읽어 보기로
하자.

　어느 한 대왕이 야순 돌기를 하는데, 어느 아매 시를, 어느 모처에
들어갔단 말이야. 가니까네 아주 오막살이인제 집은 조그마한데 앞에
다 써 붙이기를,
　"아탄장춘이 무이와라."
　고 써 붙였단 말이야. 그래, 야 '아탄장춘이 무이와'라는 의새를 도
저히 알 수가 없거든요. 그래서 주인을 찾아 들어가니, (줄임) 그래,
그 다음에도 '아탄장춘 무이와'라는 걸 물었어요.
　"저렇게 써 붙이니 저 무슨 의미냐?"
　"예, 다름이 아니올시다. 꾀꼬리하고 딱따구리 거짓말 얘기입니다.
꾀꼬리하고 딱따구리하고 서로 니가 노래를 잘 하니 내가 노래를 잘
하니 하는데, 두 놈이 그러다가 그럴 거 없이 우리 부엉이한테 가서
판결을 해 보자, 니가 잘 하나 내가 잘 하나. 그래 딱따구리란 놈이 아
무리 생각해 봐도 꾀꼬리보다는 노래를 못 하거든요. 그러니까네 개구
리를 두 마리 잡아서 부엉이한테다 와이로(뇌물)를 써 봤단 말이야.
그래, 그래 가자구 하니까네 둘이 꾀꼬리하고 딱따구리하고 갔을 게
아닙니까? 부엉이 가만히 생각해 보니, 하기는 꾀꼬리가 더 잘 하나
딱따구리한테 와이로를 떡, 개구리 두 마리, 그 봄철에 귀한데 먹어
놨으니 딱따구리 잘 한다고 해야 되겠거든. 그래 딱따구리 잘 한다고
그래서 꾀꼬리가 졌습니다. 냉중에 결과적으로 알고 보니까네 그 딱따
구리란 놈이 부엉이한테 개구리 두 마리를 와이로를 썼단 말이야. 그
래서 '아탄장춘이 무이와'라, 나는 긴 봄에 개구리 두 마리가 없는 거

를 탄식한다. 이게 그런 역산데……."

　그 다음에 숙종대왕이 아, 별과를 뵈인다는데 한 번 가자고 자꾸 걸구적한단 말이야. 아, 선비가 생각을 해 보니 일곱 번씩 낙제를 했더래도 그런 점잖은 노인이 그 별과를 뵈인다고 하니 가 볼 수밖에. 하니까네 아니나 다를까 '아탄장춘이 무이와'라는 글을 맹글어라 한단 말이야. 그 다른 놈들은 '아탄장춘이 무이와'라는 글을 알 도리가 있습니까? 그래니까, 그 글을 아니까 과거를 하더랍니다.

　　　　(『한국구비문학대계 2-8 강원도 영월군편(1)』 241~243쪽)

　그러니까 가난한 선비는 노래재판 이야기를 빗대어 타락한 과거와 자신의 처지를 알렸던 것이다. 숙종대왕은 그 얘기를 듣고 과거를 베풀어 이 청빈하고 불운한 선비를 벼슬아치로 뽑았다는 얘기다. 뇌물이 썩은 관리의 돈벌이 수단이 됨은 예나 이제나 다름이 없나 보다.

　교과서가 그림틀 형식을 버리고 독립된 이야기 방식을 취한 것과 인물의 행동에 대한 판단을 미룬 것은 교재의 성격과 관계 있는 듯하다. 아이들 스스로 인물의 성격과 행동을 따져 보고 비판할 자리를 남겨 놓은 것이다. 일리 있는 선택으로 보인다.

이야기의 겉옷, 간결한 서술

　옛이야기는 오랜 세월 동안 입에서 입으로 전해지면서 독특한 서술 방식을 갖게 되는데, 그 중 눈여겨볼 만한 것이 간결성과 발랄성이다. 간결하다고 하는 것은 상황 설명, 장면 묘사, 심리 서술을 될 수 있는 대로 자제하고 굵직한 줄거리를 따라 성큼성큼 앞으로 나아가는 것을 말한다. 발랄하다고 하는 것은 이야기의 인과관계나 합리성에 얽매이지 않고 자유분방하게 얘기하는 것을 뜻한다. 다소 '말이 안 되는' 대목이 있어도 구구히 설명하지 않고 짐짓 모른 체 넘어가는 것이 옛이야기 서술 방식이다.

간결성은 이야기에 속도와 긴장감을 주어 느슨해지지 않게 다잡는 구실을 한다. 이야기꾼이 줄거리를 따라 속도감 있게 이야기를 끌고 나아가면, 모자라는 부분은 듣는 이가 저마다 상상력으로 메워 넣는 것이다. 또 발랄성은 이야기를 매끈하게 다듬는 대신 부러 흠집을 남기어 해석의 가능성을 열어 두는 구실을 한다. 듣는 이는 상상의 힘으로 이야기의 틀어진 곳을 바로잡으면서 참여와 창조의 즐거움을 얻는다. 이렇게 함으로써 이야기판에 생기가 도는 것이다.

그밖에 단순한 되풀이, 뚜렷한 맞섬, 틀에 맞는 차오름, 구성진 가락, 시간 따라 흐르는 사건, 고정된 시점 같은 것도 옛이야기의 중요한 서술 특성이다. 말로 전한 이야기를 글로 옮길 때, 될 수 있는 대로 이 같은 성질을 살려야 본래의 맛을 떨어뜨리지 않게 된다. 비록 글로 옮겨져 움직이지 못한다 할지라도 옛이야기의 본성은 입말문학이기 때문이다. 소설을 쓰는 방식으로 옛이야기를 다시쓰면 반드시 실패하는 까닭이 여기에 있다.

교과서에 실린 이야기 '황새의 재판'은 군더더기 없이 깔끔하게 서술되어, 우선 간결미를 살렸다는 평가를 받을 만하다. 줄거리 위주의 완형담이 아니기 때문에 발랄성은 고려하지 않아도 좋을 것이고, 어쨌든 서술이 장황해서 이야기 맛을 떨어뜨리지 않은 것은 평가할 만하다.

입말에 대한 오해와 진실

우리 입말의 성질에 대해서는 아직 연구돼야 할 부분이 많다. 하지만 적어도 옛이야기를 다시쓸 때 입말을 살려 쓰는 것이 바람직하다는 데는 많은 사람들이 생각을 같이하는 듯하다.

그런데, 요새 다시쓴 옛이야기를 살펴보면 입말에 대해 뭔가 오해가 있는 듯한 대목을 발견하게 된다. 예사말만 쓰면 다 입말이 되는 듯 여긴다면 그게 바로 오해다. 물론 옛이야기에 관한 한 예사말이 높임말보다 더 입말에 가까운 건 사실이다. 그러나, 그렇다고 해서 예사말로만 써 놓으면 다 입말이 되는 것은 아니다. 거꾸로, 높임말이라고 해서 다 글말인 것도 물론 아니다. 입말이 무엇이며 어떻게 써야 입말다우냐 하는 문제는 대단히 어려우며, 여기서 한두 마디로 밝힐 수 있는 것도 아니다. 다만, 상식으로 판단해서 입으로 말할 때보다 글로 쓸 때 더 많이 쓰는 말이라면 입말이 아니라고 보아야 한다.

어떻게 쓰는 것이 우리 입말다운가? 위 이야기에서 밑줄 그은 곳

    2부 옛이야기 맛 살리기

을 따라가며 하나하나 살펴보기로 하자. 보기에 따라 매우 좀스럽게 느껴질지도 모르니 미리 양해를 구한다.

①은 한자말 대신 우리말을 쓰면 더 입말다워질 것 같은 곳이다. '제안을 하였다지.' 는 '말을 꺼냈다지.', '확인해야겠군.' 은 '봐야겠군.' 이 더 입말다울 것 같다.

②는 본딧말 대신 준말을 쓰면 더 입말다워질 것 같은 곳이다. 우리 입말은 본딧말보다 준말을 즐겨 쓰는 버릇이 있다. 말의 경제성 때문이다. 여기서 '대답하였어.' 는 '대답했어.' 로, '살펴보았어.' 는 '살펴봤어.' 로, '무엇인지' 는 '뭔지' 로, '말하였지.' 는 '말했지.' 로 바꾸어 쓴다면 더 입말에 가까울 듯하다.

③은 글말에 주로 쓰는 말버릇이어서 입말투로 고치고 싶은 곳이다. '그' 나 '그녀' 와 같은 삼인칭 대이름씨는 우리 입말에 거의 쓰이지 않는다. 대이름씨 대신 그냥 이름을 대거나 가리키는 말을 쓰면 그만이다. 여기서도 '그를 찾아가' 대신에 '황새를 찾아가' 하면 좋을 것 같다. '그 날 이후' 와 같은 말도 글말이다. '그 날부터' 라고 하면 된다. '등' 이라는 말도 입말에는 쓰이지 않는다. 빼어도 좋고 '따위' 나 '~같은 것' 을 대신 써도 좋겠다.

④는 빼어도 좋을 토씨 '의' 를 가리킨다. 우리 입말에는 토씨 '의' 가 잘 쓰이지 않는데, 그 까닭은 소리내기가 힘든데다가 별로 요긴하지도 않기 때문이다. 토씨 '의' 는 이름씨 뒤에 붙어 이름씨(명사)가 그림씨(형용사) 구실을 하게 만드는데, 우리말에는 그림씨가 넉넉해서 구태여 그런 수고를 할 필요가 없다. 위에서도 '의'

를 빼고 ‘자기의 목소리’ 대신 ‘자기 목소리’, ‘황새의 집’ 대신
‘황새 집’ 이라고 하면 훨씬 쉽게 읽힌다.

　이쯤 쓰고 나니 좀 쑥스럽다. 쩨쩨하게 이런 걸 시시콜콜 따지고
앉아 있느니 좋은 옛이야기나 찾아 소개하는 편이 낫지 않나? 이런
꾸지람 소리가 들리는 듯하다. 백번 옳은 말씀이다. 행여 이런 것도
도움으로 받아들일 분이 있을지 몰라서 한번 써 보았을 뿐이다.

　2부　옛이야기 맛 살리기

교훈을 얻는 방식, 즐거움 또는 지겨움

꿈을 심는 노인

옛날에 한 젊은이가 고을 원님으로 가게 되었다. 그는 그 동안 보살펴 준 재상을 찾아가 인사를 하였다.

"대감마님, 기대에 어긋나지 않는 관리가 되겠습니다."

"백성을 사랑하고 희망을 주는 원님이 되시게나. 나는 너무 늙어서 그렇게 할 수 없네만……."

"네, 그런데 지금 무엇을 하고 계십니까?"

"과일 나무를 심지."

"언제 따 잡수시려고……."

"내가 못 먹으면 자식이나 이웃들이 먹겠지."

그로부터 십 년이 흘렀다. 고을 원님으로 나갔던 젊은이는 승진하여 감사로 나가게 되었다. 그래서 신임 감사는 재상께 인사를 드리러 갔다.

　재상은 그를 반겨 맞았다. 그리고 배를 그릇에 가득 담아 내놓았다.

　"배 맛이 참 좋습니다. 이렇게 맛있는 배를 어디에서 구하셨습니까?"

　"자네도 기억할 게야. 십 년 전에 자네가 우리 집에 찾아왔을 때 내가 심었던 그 배나무에서 딴 것이라네."

　"십 년 전에 심으신 그 작은 나무에서 딴 배라고요?"

　"일 년을 보고 농사를 짓고, 십 년을 보고 나무를 심고, 백 년을 보고 인재를 기른다고 하지 않던가?"

　신임 감사는 재상의 말을 듣고 크게 깨달았다.

（『초등학교 교과서 4-1 읽기』 84~85쪽)

말이야기와 글이야기

　우리는 조상들로부터 두 가지 꼴의 옛이야기를 물려받았다. 하나는 입에서 입으로 전해 온 말이야기요, 다른 하나는 글로 적히어 전해 온 글이야기다.* 물론 이 두 가지 꼴 이야기기 아주 따로 떨어져 전해 온 것은 아니다. 말로 전하던 이야기도 어느 순간 글로 적힐

---

* '말이야기'는 '구전설화'나 '구비설화'와 같은 뜻으로 쓰고, '글이야기'는 '문헌설화'나 '야담'과 같은 뜻으로 쓴다.

수 있고, 글로 적힌 이야기도 자연스럽게 말에 실려 전해질 수 있다. 말하자면 경계가 뚜렷하지 않고 서로 넘나드는 부분이 많다는 뜻이다.

그렇지만 이 두 가지 꼴 이야기에 다른 점이 아주 없지는 않다. 무엇보다도 말이야기가 주로 백성들 사이에서 전해졌다면, 글이야기는 양반사대부들을 중심으로 전승돼 왔다는 점을 생각해야 한다. 그러므로 각각의 이야기에는 그 이야기를 즐긴 계층의 정서가 두루 배어 있을 법도 한 것이다.

바로 그래서, 말이야기에 민중성이 강하다면 글이야기에는 교훈성이 강한 구석이 있다. 예컨대 똑같이 효도를 소재 삼는다 해도 말이야기가 '부모 자식 사이의 관계' 쪽에 관심을 갖는다면 글이야기는 '자식의 희생과 봉양' 쪽에 무게를 두는 경향이 있는 것이다. 또 놀림이나 비꼼의 소재로 말이야기가 권력자와 부자를 즐겨 내세우는 데 견주어 글이야기는 의리 없는 사람이나 패륜아를 자주 등장시킨다. 이것을 향유 계층의 정서와 관련짓지 않고 설명하기란 어려운 것이다.

각각의 이야기들은 미덕을 갖추고 있는 만큼 약점도 조금씩 지니고 있다. 성차별이라든가 완고한 가부장 의식 같은 것은 양쪽에 두루 나타나는 헌데지만, 하층민에 대한 편견이나 지나친 겉치레는 글이야기에만 보이는 흠집이다.

사람의 도리로서 선행을 강조하는 것은 어느 이야기나 같지만, 말이야기가 공동체와 삶에 가까운 도덕을 중시하는 데 견주어 글이야기는 충효나 정절 같은 유교 이념에 더 많은 관심을 기울이는 듯하다.

교훈 또는 교육성은 옛이야기의 중요한 성질이다. 그러나 재미와 감동은 그보다 더 중요한 요소이다. 어쨌든 듣는 이를 무릎 가까이 끌어당기지 않고서는 아무리 좋은 교훈도 전달할 수 없기 때문이다.

만약 교훈이 충분히 이야기 속에 녹아들지 못하고 날것으로 전달되면 재미와 감동을 갉아먹게 되고, 이러한 이야기가 공감을 불러일으키지 못하는 것은 당연하다. 옛이야기 속의 가르침이나 깨우침은 공감 뒤에 숨어서 듣는 이가 눈치 못 채는 가운데 은근히 다가가는 것이 제격이다.

주제 찾기의 어려움, 또는 생뚱맞음

위에 든 이야기 '꿈을 심는 노인'은 아마도 글로 전한 이야기를 본으로 다시쓴 것처럼 보인다. 줄거리는 별날 것이 없으며, 주인공이랄 수 있는 재상의 말과 행동도 예사롭기 그지없다. 예사로운 이야기라서 값어치가 떨어지는 게 아니라, 오히려 이 예사로운 이야기에서 무언가 '특별한 교훈'을 찾아내라고 요구하는 공부 방식이 문제다. 교과서는 이야기 끝에 다음과 같이 묻고 있다.

(1) 이 글의 제목인 '꿈을 심는 노인'에서 '꿈'은 글쓴이가 무엇

     2부 옛이야기 맛 살리기

을 말하려고 쓴 말입니까?

(2) 재상이 과일 나무를 심은 까닭은 무엇이겠습니까?

(3) 위의 물음 (1)과 (2)에 대한 답을 바탕으로 할 때, 이 글의 주제는 무엇이라 할 수 있습니까?

재미 삼아 위 물음에 답해 보기 바란다. 모르긴 해도 한 번에 척척 답을 낸 사람은 드물 것이다. 어쩌면 한참 동안 '뭐라고 답해야 할까?' 하며 고개를 갸우뚱거리는 분도 있을 것이다. 어른들이 그럴진대 하물며 초등학교 4학년 아이들임에랴.

실제로 내가 아이들과 함께 이 교재를 공부할 때, 교과서가 요구하는 정답을 다 맞힌 아이는 없었다. 아이들 중 몇몇은 (1)번 답으로 '과일나무' 또는 '배나무'라고 썼다. 아이들 중 절반은 (2)번 답을 다음과 같이 썼다. '배를 따 먹으려고.'

그리고 아이들 중 반의반은 (3)번 답을 이렇게 썼다. '과일을 따 먹으려면 나무를 일찍 심어야 한다.' 이것은 틀린 대답인가? 제목에서 꿈을 심었다고 했으니 아이들이 꿈을 과일나무와 같은 말로 생각하는 건 무리가 아니다. 또 어른인 내가 아무리 보고 또 봐도, 재상이 나무를 심은 까닭은 배를 따 먹으려고 심은 것이지 다른 까닭이 있을 것 같지 않다. 그리고 이 이야기의 주제가 과일 따 먹는 일과 아주 상관없는 것 같지도 않다.

그런데 교과서가 요구하는 정답은 다음과 같다. (1) 십 년 후의 열매, 나아가서는 백 년을 좌우하는 인재와 같은 미래에 대한 희망을 말한다. (2) 십 년 후 자손에게 과일을 줄 것을 생각하고 심었다. (3) 미래를 위하여 준비하고, 꿈을 심는 사람이 되자.*

옛이야기는 즐거움과 공감으로 아이들에게 다가가야 한다. 그것이 말이야기든 글이야기든 매한가지다. 교훈이 담긴 이야기든 상징이 담긴 이야기든 또한 그렇다. 주제나 교훈을 찾아내는 일이 아주 필요 없는 일은 아니겠지만, 적어도 그것은 이야기를 충분히 즐긴 다음에나 할 일이다. 즐거움과 공감이 빠진 교훈은 한갓 지겨운 잔소리에 지나지 않는다. 게다가 주제를 알아내는 일이 '머리를 쥐어 짜야' 가능한 일이라면, 그것은 차라리 고통이라 할 것이다. 구전되는 옛이야기의 대부분은 교훈을 지겨움이 아니라 깨달음의 방식으로 전달한다. 보기를 하나 들어 보겠다.

그 공주에서 이런 일 있어. 아, 늙은 양반이 죽구 돈은 많구 허이깐 어지(어제) 말 한가지루 아홉 살 시집간 걸 오라구 해서 집을 뵈운다. 뵈우는데 막출해가주구 거기서 애를 하나 낳다. 이 양반이 나인 많구 언제 죽을런지 모른단 말이야. 모르니깐설래미 그 사우와 딸을 놓구설래미 허는 말이,

"너 야(애) 잘 길러서 세간 내보낼 적 아무 것두 주지 말구 지필 한 벌만 사 주면 애가 벌어먹구 사리라."

허구 죽었다. 죽은 후에 이늠애가 장성을 해서 저 누과(누이와) 매부 손끝만 바라보니 거저 내쫓구설래미 아무 것두 주지 않는다.

---

* 『초등학교 교사용 지도서 4-1 국어』 206~207쪽.

그러니깐 그 아버지가 지필 한 벌만 내주라든 그것만 얻어들었지,
돈 준단 말두 없이니깐 애가 쫓겨나갔어요. 그래 장성허니깐설래미 관
원헌테다 그걸 아뢰었다.

"우리 아버지 모은 돈인데, 우리 매부 누(누나)가 가지구선 나 돈
한 푼 안 주니 그거 좀 찾아달라."

구. 아 어떻게 옛날은 관원들 그 마음씰 썼던지 당초 뭐 증거품이
없으니까설래민, 어트게 찾아줄 수가 없단 말이야. 아 이러키 뭐 등대
를 넘어갔다, 한번은. '원이 갈려온 것이 명관이다.' 이런 소릴 들었단
말이야, 이눔아가. 소지를 지어서 바쳤지. 원이 보더니,

"어 너 누이 매부 있냐?"

"예, 있습니다."

그 뭐 관속을 달려서래민,

"얘 누우 매부 가서 잡어오너라."

나와서 가자구 해서 데리구 갔지. (줄임)

"내 물을 말 있다. 너 장인 양반이 널과 무신 말을 허구 죽은 일 없
냐?"

"예, 야를 잘 양해설래민 지필묵 사서 세간 내보내라구 해서 그 말
만 있었습니다."

"어, 너 장인이 지혜 있는 사람이다. 너케다 얘를, 돈을 매끼지, 앨
너케다 맡겨둘 것 같으문 너가 앨 잡아, 돈 때문에. 지필 한 벌 사 내
보내는 건 소질(소지를) 져서 내게다 딜여 가주 찾으라구 하는 그게
야. 그러니까설래미는 너 얘 재산이 분명허다. 그러니까설래미는 그
절반을 갈러. 너가 여태끔 간수해 온 것두 어려운 일이니깐 절반은 갈

라 줘야 한다. 안 줄 거 같으문 전부 빼앗어서 얠 줄 테니깐.”

그렇게 해서…….

(『한국구비문학대계 1-6 경기도 안성군편』 780~781쪽)

이 이야기 속 양반은 어린 아들의 장래를 생각해서 일부러 유산을 물려주지 않았다. 어린아이가 재산을 물려받으면 그것을 잘 지킬 수도 없을 것이고, 어쩌면 나이든 매부가 그 재산을 탐내어 아이를 해코지할지도 모른다.

그래서 아들한테는 지필묵 한 벌만 줘서 내보내라고 유언을 했다. 나중에 커서 사리를 분별하게 되면 그것으로 소장을 지어 송사를 벌이라는 뜻이다. 이 이야기를 듣는 이들은 조금도 따분하지 않게 ‘앞날을 내다보는 슬기’를 주제 또는 교훈으로 받아들이게 될 것이다.

글이야기에 나타난 독특한 정서

글이야기에 옛날 양반들의 정서가 배어 있는 것은 당연하며, 이것을 거북하게 여기거나 꺼릴 필요는 없다. 그러나 그 정서가 오늘날 아이들의 정서와 부딪칠 만한 것이라면, 우리는 좀 더 신중해져야만 한다. 위 이야기에는 옛날 벼슬아치들의 정서와 버릇 같은 것이 드러나 있는데, 여기에 뭔가 미심쩍은 구석이 있다.

이야기를 다시 한 번 살펴보기 바란다. 이야기 속 관찰자인 젊은

   2부 옛이야기 맛 살리기

이는 원님 벼슬을 얻어 가면서 '그 동안 보살펴 준' 재상을 찾아가서 인사를 한다. 그 뒤 감사로 '승진' 하여 갈 때도 또한 '재상께 인사를 드리러' 간다. 높은 벼슬아치가 낮은 벼슬아치를 '보살펴 주는(뒤를 봐 주는?)' 일이나, 낮은 벼슬아치가 높은 벼슬아치에게 '인사를 하는(뇌물을 주는?)' 일은 옛날 벼슬아치들의 '관행' 이었는지 모른다. 하지만 이것을 오늘날 아이들에게 어떻게 설명할 것인가?

이야기 끝에 '신임 감사는 재상의 말을 듣고 크게 깨달았다.'고 했는데, 과연 무엇을 깨달았다는 것인지? 이 이야기로 미루어 본다면 깨달음의 열쇠는 재상이 바로 앞에 했다는 말이다. '일 년을 보고 농사를 짓고, 십 년을 보고 나무를 심고, 백 년을 보고 인재를 기른다.'는 것.

그런데 여기서 '일 년을 보고 농사짓는 일'과 '백 년을 보고 인재 기르는 일'을 들먹인 것은 좀 생뚱맞다. 재상이 한 일은 다만 십 년 전에 배나무를 심은 일뿐이니까. 나무를 심은 까닭도 딴 데 있는 게 아니다. 과일을 따 먹으려고 했을 뿐이다. '내가 못 먹으면 자식이나 이웃들이 먹겠지.' 라고 했지만 이것도 상식이다.

그 정도 생각은 글 모르는 농사꾼이라도 얼마든지 할 수 있다. 신임 감사는 그것이 다만 지체 높은 재상의 말이었기에 '크게 깨달은' 것인지?

이쯤에서 이야기를 마무리하자. 오늘날 옛이야기를 아이들에게 전해 주는 어른들은 마땅히 옛이야기의 맛을 제대로 되살려 내야 한다. 무엇보다도 옛이야기를 따분한 잔소리 대신에 내놓는 일은 삼가야 한다.

아이들이 이야기 속의 교훈조차도 지겨움이 아니라 즐거움과 감동으로 받아들일 수 있게 해 주어야 한다. 그리고 이야기 속에 들어 있는 옛사람들의 삶과 생각을 잘 살펴서, 쌀과 뉘를 가려내는 슬기도 발휘해야 할 것이다.

이야기의 합리성 또는 발랄성

　옛날 어느 마을에 떡장수 어머니와 오누이가 살고 있었습니다. 하루는 어머니께서 밤이 깊었는데도 돌아오지 않으셨습니다. 오누이가 어머니 걱정을 하고 있는데, 문 밖에서 낯선 목소리가 들렸습니다.

　"얘들아, 엄마가 왔다. 어서 문을 열어라."

　오빠는 어머니의 목소리가 이상하다고 생각했습니다.

　"우리 어머니의 목소리는 그렇게 쉰 목소리가 아니에요."

　"얘들아, 엄마가 하루 종일 떡을 파느라 목이 쉬어서 그렇단다."

　"그러면 이 문틈으로 손을 내밀어 봐요."

　문틈으로 들어온 손에는 털이 많이 나 있었습니다. 이상하게 생각한 오빠는 문틈으로 밖을 내다보았습니다. 그런데 이게 어찌 된

일입니까? 밖에는 어머니의 저고리를 입은 호랑이가 있지 않겠어요? 오누이는 뒷문으로 얼른 나가 우물가에 있는 미루나무 꼭대기로 올라갔습니다. 호랑이는 금방 오누이를 뒤쫓아왔습니다.

"얘들아, 그렇게 높은 곳에는 어떻게 올라갔니?"
오빠는 꾀를 내어 이렇게 말했습니다.
"참기름을 나무에 바르고 올라오면 되지요."
호랑이는 부엌에서 가져온 기름을 바르고 나무에 오르려고 했습니다. 그러나 미끄러워 올라갈 수가 없었습니다. 동생은 이 모습이 우스워서 그만,
"도끼로 나무에 홈을 파고 거기를 밟고 올라오면 되지."
라고 말해 버렸습니다.
그러자 호랑이는 도끼를 가지고 와서 홈을 파고 나무 위로 오르기 시작했습니다. 오누이는 너무 무서웠습니다.
"하느님, 제발 우리를 살려 주세요."

그러자 하늘에서 동아줄이 내려왔습니다. 오누이는 동아줄을 붙잡고 하늘로 올라갔습니다. 이것을 본 호랑이는 자기도 도와 달라고 하며 빌었습니다. 그러자 하늘에서 동아줄이 내려왔습니다. 호랑이는 이것을 붙잡고 하늘로 올라갔지만 얼마 못 가서 떨어져 죽고 말았습니다. 왜냐고요? 그 동아줄은 썩은 동아줄이었기 때문입니다.
한편, 하늘로 올라간 오누이는 세상을 밝게 비추는 해와 달이 되었습니다.

(『초등학교 교과서 2-1 말하기 · 듣기』 94쪽, 『초등학교 교사용지도서 2-1 국어』 309쪽)

어머니는 어디로 갔나?

이 '해와 달이 된 오누이'는 우리 나라 사람이라면 누구나 알고 있을 만큼 잘 알려진 옛이야기다. 그래서 그 줄거리를 두고 이러니 저러니 새삼스럽게 말할 필요는 없을 듯하다. 각편에 따라 화소가 조금씩 다르긴 하지만, 이 이야기는 대충 두 부분으로 나눌 수 있다. 앞부분은 어머니가 호랑이에게 당하는 대목이고, 뒷부분은 아이들이 호랑이와 겨루는 대목이다.

그런데 보다시피 교과서 이야기에는 앞부분이 뭉텅 잘려나갔다. 처음부터 다짜고짜 호랑이가 나타나서 아이들에게 문을 열라고 말한다. 어머니에 관한 서술은 '밤이 깊었는데도 돌아오지 않'았다는 말뿐이다. 죽었는지 살았는지조차 알 길이 없다. 도대체 어머니는 어떻게 되었단 말인가? 이야기가 이처럼 반 토막이 돼 버린 까닭은 무엇인가?

이 글을 쓴 이는, 어머니가 호랑이에게 잡아먹히는 장면이 너무 잔인하다고 생각했는지 모른다. 그래서 그런 끔찍한 장면을 어린이들에게 직접 내보이기보다는 상상에 맡기는 편이 좋다고 판단했는지 모른다. 그렇다면 그 판단은 그다지 현명하다고 할 수 없다. 구전되는 '해와 달이 된 오누이'에는 여러 각편이 있지만, 이처럼 절반이 뚝 잘려나간 이야기는 아직 보지 못했다. 어떤 모습으로든 어머니가 호랑이에게 당하는 장면이 살아 있다는 것이다. 그렇다면, 옛날 사람들은 아이들에게 해로운 장면이고 뭐고 가리지 않고 마구 내보일 만큼 모두가 어리석었단 말인가? 설마?

옛이야기 속의 잔인한 장면이 듣는 이의 억눌린 무의식을 달래 준다는 주장이 있다. 서양에서 들어온 심층심리학 쪽 이론이 그러한데, 그런 복잡하고 어려운 가설을 빌려올 것도 없이 이야기는 맵고 짜야 맛이다. 밋밋해서 무슨 말을 하는지도 모르는 이야기는 한마디로 맹탕이다. 생각해 보아라. 어머니가 없는 사이, 아이들만 있는 집에 호랑이가 찾아왔다. 숨 막히는 순간이다. 이때 도무지 정체를 알 수 없는 호랑이가 나타났다. 착한 편인지 나쁜 편인지조차 알 수 없는 호랑이가 말이다. 이래서야 될 말인가. 어머니를 잡아먹은 '원수'가 나타나야 모든 것이 뚜렷해진다. 그것도 아주 더럽고 치사한 놈이 나타나 속임수와 거짓말로 아이들을 꾈 때 우리는 마음이 조마조마해진다. 바로 이 조마조마함이 요 대목의 고갱이가 되는 것이다.

이야기의 합리성, 장점인가 약점인가?

옛이야기를 옛이야기답게 하는 것은 반듯한 인과관계가 아니라 거침없는 상상력이다. 옛이야기에서 행운은 '꼭 필요할 때 꼭 맞아

떨어지는’ 방식으로 찾아오고, 고난은 ‘가장 어려울 때 가장 힘들게 하는’ 방식으로 찾아온다. 여기에 필연성은 없다. 말 그대로 우연히 찾아오는 것이다. 창작동화나 소설을 보는 눈으로 보면 이건 도무지 말이 안 되는 이야기다. 하지만 옛이야기의 매력은 바로 이 ‘말이 안 되는’ 부분에 있다. 합리성에 얽매이지 않는 이 자유분방함을 ‘발랄성’이라 해 두자.

위 이야기에서 주인공 ‘오빠’는 문틈으로 들어온 호랑이의 손을 보고 ‘이상하게 생각’한 나머지 ‘문틈으로 밖을 내다보’는 어른스러운 행동을 한다. 아마 현실 세상 아이들이라면 다 그렇게 할 것이다. 하지만 이것은 옛이야기다. 대부분의 각편들이 아이들로 하여금 밖을 살피는 적극 대응 대신 단순히 ‘문을 열어 주지 않는’ 소극 대응에 머물게 한 것은 그만한 까닭이 있어서다. 즉, 털 때문에 방에 들어가기를 거부당한 호랑이가 손에 밀가루를 발라 문틈으로 다시 들이미는 속임수나 아기에게 젖 먹여야 한다고 졸라서 기어이 문을 열고 들어가는 화소가 필요했기 때문이다.

아니, 호랑이가 앞발에 묻힌 밀가루 때문에 어머니 손으로 착각을 해? 조른다고 그냥 문을 열어 줘? 얘들 혹시 바보 아냐? 이런 물음은 이야기판을 ‘썰렁하게’ 만들기에 딱 좋은 것이다. 옛이야기 세상에는 바로 그런 아이들만 살아가고 있으니까. 합리성이 아니라 발랄성을 따를 때 옛이야기는 빛이 난다. 위 이야기에서 아이들로 하여금 문틈으로 밖을 내다보는 행동을 하게 만든 것이 합리성을 위한 장치였다면, 이 배려는 크게 빗나간 것이다. 그것은 듣는 이에게 긴장감 대신 맥빠짐을 선사할 뿐이다.

옛이야기에는 옛이야기 나름의 질서가 있다. 그것은 창작동화나 소설의 질서, 또는 현실세상의 질서와는 딴판이다. 개 귀에 방울처럼, 이 서로 다른 둘을 한 자리에 꿰어 맞추려고 하면 그 순간 이야기는 빛을 잃게 된다. 합리성은 머리가 굳어질 대로 굳어진 어른들에게나 미덕이지, 한창 발랄하게 상상력을 넓혀 나가는 아이들에게는 걸림돌일 뿐이다. 옛이야기에 관한 한, 그리고 상상력에 관한 한 아이들은 어른의 스승이다.

사나움과 어리석음은 맞서는가?

많은 각편들이 호랑이의 어리석음을 강조하려고 몇 가지 재미난 화소를 내세운다. 예를 들면, 호랑이는 처음에 아이들을 나무 위가 아니라 우물 속에서 발견한다. 우물물에 비친 그림자를 아이들로 착각한 것이다. 그리고 이렇게 묻는다. "너희들 그 안에는 어떻게 들어갔니?" 오라버니는 깡충 뛰어 들어왔다고 말한다. 호랑이가 그대로 따라했다가 물에 빠진 생쥐꼴이 되고, 그걸 본 누이동생이 너무 우스운 나머지 사실을 털어놓는다. 그 바람에 호랑이는 아이들이 나무 위에 있다는 걸 알게 된다. 그 다음에는 위 이야기에 나타난 바와 같은 '참기름과 도끼' 화소가 이어서 나오게 된다.

합리성과 현실성에 매달리면 어리석음과 사나움은 함께 있을 수 없는 것처럼 보일지도 모른다. 그러나 옛이야기 세상은 아무 망설

임 없이 그 둘을 한 자리에 붙여놓는다. 이 이야기에 나오는 호랑이는 그야말로 '나쁜 놈'이다. 약자인 어머니를 을러대고 잡아먹고, 그것도 모자라 아이들을 치사한 속임수로 꾀어서 잡아먹으려고 한다. 이런 호랑이는 '제 꾀에 제가 넘어가' 죽게 만드는 것이 제격이며, 그러기 위해 어리석음은 필요한 것이다. 각편에 따라서는 오누이와 호랑이의 기도가 이렇게 맞서는 꼴로 나타나기도 한다.

오누이 : "하느님, 하느님. 우리를 살리시려거든 새 동아줄을 내려 주시고, 우리를 죽이시려거든 썩은 동아줄을 내려 주세요."
호랑이 : (오누이를 흉내 내지만 차례가 뒤바뀐다.) "하느님, 하느님. 저를 죽이시려거든 새 동아줄을 내려 주시고, 저를 살리시려거든 썩은 동아줄을 내려 주세요."

결과는 우리가 아는 바와 같다. 하느님은 이 두 가지 서로 다른 기도를 다 들어 주었을 뿐이다.

수숫대가 빨간 내력

또, 많은 각편들이 끝부분에 호랑이가 떨어진 곳이 수수밭이라는 설명을 덧붙인다. 바로 그렇게 함으로써 수숫대 밑동이 빨간 까닭이 설명되고, 이야기는 '믿을 만함' 쪽으로 한 걸음 다가가기 때문이다. 이 화소를 뺀 까닭도, 짐작컨대 호랑이 궁둥이가 수숫대에 찔린다는 설정이 잔인하다고 판단한 때문이 아닐까? 그렇다면 이 또한 단견이라는 비판을 비껴가기 어렵다.

옛이야기 화소를 다만 잔인하다고, 또는 합리성이 떨어진다고 해서 함부로 빼거나 바꾸는 건 온당치 않다. 잔인한 장면은 그것대로, 합리성 없는 장면은 또 그것대로 옛이야기에 윤기를 불어넣어 주기 때문이다. 옛이야기를 만든 옛사람들은 결코 바보도 아니고 상상력이 빈약한 사람들도 아니었다. 따라서 우리는 옛사람들이 만든 이야기를 재미있게 전해 주는 '이야기꾼'이 되려고 해야지, 그것의 해로움과 이로움을 가려내어 마구 가위질하는 '검열관'이 되려고 해서는 안 될 것이다. 여기 받아쓴 '해와 달이 된 오누이' 각편 하나를 소개할 터이니 원한다면 교과서 이야기와 견주어 보기 바란다.

그러니까 아들 딸을 두고 인제 베를 짜러 갔거든. 베를 매 주러 갔거던. 옛날에 베 무녕 짜구 베 짜는 그걸 매 주러 갔거든. 그러니깐 하루 품씩 하루 품삯 받아가지구서 인제 먹구 사는데, 한날은 그 쌈(사람)네가 메물범벅을 쒀서 한 암박을 주드랴. 하나 주드랴. 가주 가서 아이들 주라구, 그래 이놈의 메물범벅을 인제 이구선 오는데, 아 오다가 호랑이를 만났지.

"할멈, 할멈. 그 메물범벅 한 덩어리 주. 주만 안 잡아먹지."

그러니깐 한 덩어릴 내던져 주지. 또 한 고개를 넘어오면,

"할멈, 할멈. 나 메물범벅 한 덩어리 주. 그리만 안 잡아먹지."

그래 이놈의 걸 다 뺏겼거던. 뺏기구, 그랴 야중엔,

2부 옛이야기 맛 살리기

“할멈, 할멈. 그 함박 나 주만 안 잡아먹지.”

그러디. 그래 함박까지 줬지. 이놈의 호랭이가 그 인제 그리구 이 할멈 오는 길에 그 메물범벅을 죄다 함박에다 줘 담아 놓구서는 또 쫓아 왔단 말이야.

“할멈, 할멈. 그 옷 벗어 주면 안 잡아먹지.”

그래 또 옷을 벗어 줬지. 아 벗어 주니까 이놈의 호랭이가 한 고개를 그리구 넘으니까,

“할멈, 할멈. 나 그 다리 떼 주. 팔뚝 떼어 주면 안 잡아먹지.”

아 팔뚝 떼어 주면 잡아먹는 거지, 안 잡아먹는 거야? 아 이렇게 해서 요력조력 다 잡아먹군, 나중엔 그 옷을 입구 그 메물범벅을 이구 그리군 이제 오는 거야. 와선,

“아가, 아가. 문 열어라.”

그러니까 가만히 아이들이 내다보디.

“우리 어머니 목소리가 아냐.”

그러거던.

“너 어머이 목소리다. 왜 기리냐?”

“어디 어머이 손 좀 들여보내라.”

손을 들여보내니까 호랭이 손이 털이지.

“아유, 우리 어머이 손 아냐. 우리 어머이 털 없어.”

“아니다. 느이 어머이다. 어서 문 열어라. 들어가서 애기 젖 먹여야 하지 않느냐. 어서 문 열어라.”

아 그리드랴. 그래 자꾸 드러니까는 헐 수 없이 문을 열어 줬지. (줄임)

그리군 그냥 나가선 느티낭구 마당 걍아리 이런 느티나무가 있는데 거 꼭대길 올라갔댜. 올라가서 있는데, 아 들어오길 오래두 들어오질 않으니까 이놈의 호랭이가 나와서 기웃기웃 찾아두 없거든. 근데 그 느티낭구 밑구녘에 움물이 있드래는구만. 움물에다 아이들이 비췄드래. 낭구허구. 아 그래 이렇게 쳐다보더니,

"아이, 너희들 거기 어떻게 올라갔냐?"

"부잣집에서 챙기름 얻어서 올라왔지."

그리드래. 저두 챙기름 얻어 발르구 올라가니깐 미끄러서 더 올라갈 수 없드랴.

"너희들 어떻게 올라갔냐? 바른대루 말해라."

"부잣집에서 깍끼 얻어다 툭툭 찍구 올라왔지."

인제 이리드랴. 아 그래 톡톡 찍구 올라가니깐 디딜 데가 있어서 올라갔잖어? 올라가니깐 이 아이들이,

"하느님, 하느님. 저희들을 살려주시려거든 새 방석에 새 줄을 내려 보내주시고, 저희들을 죽이시려거든 흔 방석에 흔 줄을 내려 보내주십시오."

비니깐 새 방석에 새 줄을 내려 보내주시거든. 그래 인제 이 아이들이 새 방석에 새 줄을 타고 올라와서 하나는 그러니까는 남, 오누이인데 하나는 해가 되구 하나는 달이 됐는데, 누이가,

"너는 달이 되구 나는 해가 되갔다."

그러니깐,

"난 밤에 다니기 무서우니 나는 해가 되구, 오빠는 달이 돼라."

그랬다구. 그래서 여자기 때문에 남자가 쳐다보면은 남녀가 유별하니깐 해를 쳐다보면 따끔따끔허잖아. 그냥 바늘루다 찔르듯……

그래서 해를 못 쳐다보면 그래서 여자가 돼서 그렇대. 달은 명랑하구. 그리구 이놈의 호랭이는 그 아이들 허는 걸 보구 그렇게 생기니까 흔 방석에 흔 줄을 내려 보냈지. 그냥 타구 올라가다가 툭 허구 끊어졌지. 줄이 썩어서 끊어져서 해필 수수깡 밭에 가 떨어져서 수수깡에 똥구멍을 디리 찔려서 저기나서 수수깡이 뻘겋잖아? 이파리서껀.

(『한국구비문학대계 1-7 경기도 강화군편』 272~275쪽)

풍자의 참맛과 조건

남해에서 제일가는 부자인 멸치가 어느 날 이상한 꿈을 꾸었습니다. 멸치는 가자미를 서해까지 보내 꿈풀이를 잘 하기로 소문난 낙지를 모셔오게 했습니다. 그리고 꿈의 내용을 자세히 설명했습니다.

"꿈에 제가 하늘을 날았습니다. 그런데 얼마 못 가서 땅으로 곤두박질쳤어요. 가만히 누워 있었더니 누군가 나를 싣고 어디론가 갔습니다. 그곳에 갔더니 갑자기 흰 눈이 펑펑 쏟아지는 겁니다. 제 몸은 추웠다 더웠다 하고요. 무슨 꿈이 이리도 이상한지……"

낙지는 한참을 생각한 뒤 말했습니다.

"참으로 좋은 꿈입니다. 멸치님이 용이 되어 하늘로 올라갈 꿈입니다.”

“그런데 왜 다시 땅으로 떨어졌을까요?”

“용이 되어 비를 내리게 하려면 바닷물을 퍼올려야 하니까 당연히 땅으로 내려와야지요.”

“누군가 나를 싣고 가는 것은요?”

“용이 되면 구름을 타고 다니실 것 아니에요?”

“과연 낙지님의 꿈풀이 실력은 대단하십니다. 그럼 눈은 왜 쏟아졌을까요?”

“날씨가 추워지면 비는 눈이 되겠지요. 추웠다 더웠다 하는 것은 용이 사계절을 다스리기 때문이고요.”

멸치는 신이 나서 온갖 귀한 음식들을 차려 잔치를 벌였습니다.

그런데 고생고생해서 황해까지 심부름을 다녀온 가자미는 은근히 화가 났습니다.

“흥, 나한테는 수고했단 말 한 마디 없이 자기들끼리 먹고 마시고 떠드는군. 멸치를 곯려 줘야지.”

다음날 낙지가 돌아가고 난 뒤에 가자미는 멸치에게 다가가 말했습니다.

“멸치님, 낙지님의 꿈풀이는 잘못되었습니다.”

“네가 뭘 안다고 나서는 게냐?”

멸치는 화를 버럭 내기는 했지만, 가자미의 꿈풀이가 은근히 궁금했습니다.

“그래, 뭐가 잘못되었다는 게냐?”

“하늘로 올라갔다가 다시 땅으로 떨어졌다고 하셨죠? 그건 멸치님이 어부의 그물에 걸릴 꿈입니다. 어부의 그물에 걸리면 자연히 하늘로 올라가게 되고, 어부가 그물에서 꺼내 놓을 테니까 땅에 떨어지는 거죠. 그 다음엔 가만히 있어도 어부의 그물에 실려가게 되겠지요. 흰 눈이 펑펑 오는 것은 사람들이 구워 먹으려고 소금을 뿌리기 때문입니다. 그리고 숯불에 굽기 때문에 추웠다 더웠다 하는 것이죠."

멸치는 더 이상 참을 수가 없어서 가자미의 뺨을 힘껏 쳤습니다. 얼마나 세게 때렸는지 가자미의 두 눈은 지금까지도 한쪽으로 몰려 있답니다. 가자미의 비명 소리를 듣고 달려온 꼴뚜기는 이 광경을 보고 깜짝 놀라 얼른 두 눈을 빼서 꽁무니에 찼습니다. 뒤이어 달려온 갈치는 이 장면을 구경하러 온 물고기들에게 온몸이 밟혀 지금까지도 납작하답니다.

(『초등학교 교과서 3-2 말하기 · 듣기』 68~69쪽, 『초등학교 교사용 지도서 3-2 국어』 253쪽)

또 다른 이야기, 메기의 꿈

꿈풀이를 소재로 한 옛이야기는 많다. 꿈은 누구나 꾸는 것이면서도 기이한 내용이 많아 예부터 그것을 푸는 일이 큰 과세였다. 옛날 사람들은 신기한 꿈을 꾸면 점쟁이를 찾아 해몽을 맡기기도 했지만 대개는 속설을 따라 풀었다.

'몸에 날개가 생기면 길하다. 집이 불에 타면 재물을 얻는다. 이가 빠지면 집안어른에게 액이 든다. 높은 하늘에 올라가면 벼슬을 얻는다. 물난리가 나면 혼삿말이 들어온다. 꽃가마를 타면 수명이 짧아진다. 밭에 풀이 무성하면 공돈이 생긴다. 똥을 보면 먹을 것이 생긴다. 대들보가 부러지면 불길하다……'

꿈풀이는 소망과 함께 경계의 뜻도 담고 있었다. 좋은 꿈을 꾸면 기대에 부풀고 나쁜 꿈을 꾸면 몸가짐을 조심하면서 하루를 보냈던 것이다.

위 이야기는 꿈풀이를 다룬 이야기이면서 한편으로는 내력을 밝히는 유래담의 성격도 띠고 있다. 가자미의 눈이 한쪽으로 쏠린 것을 비롯해서 여러 물고기들이 왜 그런 생김새를 하고 있는지 그 까닭을 설명하는 투로 이야기가 펼쳐진다. 하지만 이것은 겉으로 드러난 성질일 뿐이고, 가만히 들여다보면 가시 돋친 풍자가 들어 있음을 알 수 있다.

여기서는 멸치가 꿈꾼 당사자이지만 다른 이야기를 보면 메기를 내세운 것이 많다. 으스대고 행세하기 좋아하기로 말하면 멸치보다 메기가 제격인 듯하다. 대체 누구의 무엇을 풍자하려고 이런 이야기가 생겨났을까? 이것을 살펴보기 위해 이와 비슷한 이야기 한 편을 더 읽어 보기로 하자.

옛날에 메기 한 마리가 있었는데 한 팔백 년이나 오랫동안 살았어도 꿈을 꾸어 본 일이 없었대. 그런데 하루 저녁에는 꿈을 꾸었지. 무슨 꿈인고 하니, 열 사람이 자기를 모셔다가 큰 관을 씌우더니 좋은 자리에 앉혀 놓고 금띠를 둘러 주며 호령 한 번 크게 지르게 한 다음 어두운 방에 들여앉히고 흰 구름을 뭉게뭉게 일게 하더니 이번에는 차돌방아를 찧어 다시 붉은 고개를 넘기더니 노적관을 씌우는 꿈이더래.

꿈도 처음 꾸는 꿈이지만 꿈이 보통 아무나 꾸는 꿈 같지 않아서, 무슨 좋은 일이 생길 꿈이 아닐까 하고 고기들이 많이 모여 있는 데로 가서 꿈 이야기를 하고 해몽을 해 보라고 했지. 그러니까 망둥이가 썩 나서서,

"거 참 좋은 꿈일세. 자네 오래 살더니 용이 되어 하늘로 올라갈 꿈인걸. 열 사람이 와서 모셔다가 관을 씌우고 좋은 자리에 앉혀서 큰 소리로 호령하게 했다니 용이 되어 맘대로 할 수 있다는 것이 아니고 무엇이겠나. 어두운 방에 들여앉혔다는 것은 용이 비를 주려고 먹구름으로 하늘을 덮은 것이고 흰 구름이 뭉게뭉게 일어난 것은 날을 개게 하는 것인데 용 아니고는 이런 조화를 부릴 수 있나. 그리고 차돌방아를 찧고 붉은 고개를 넘는 것은……, 가만있자, 차돌방아를 찧고 붉은 고개를 넘는다, 차돌방아, 차돌방아……, 그건 어쨌든, 꿈은 용이 되는 꿈일세."

라고 했지.

별 재주도 없는 것이 해몽해 준다고 남보다 먼저 촐랑대고 나서서 말하다가 끝도 맺지 못 하고 낑낑거리는 망둥이를 보고 다른 고기들이 웃어대니까 망둥이는 그만 무안해서 어디론지 가버리고 말았지.

그 다음에 가자미가,

"그 꿈 내가 해몽해 줌세."

하고 나서더래.

"열 사람이 모시는 것은 사람이 두 손으로 잡는 것이고, 큰 관을 씌우는 것은 다래끼에다 집어넣는 것이고, 좋은 자리에다 앉히는 것은 도마 위에 올려놓는 것이고, 금띠를 두르는 것은 칼을 갖다 대고 베는 것이고, 호령 한 마디 크게 지르게 하는 것은 죽느라고 찍소리 내게 하는 것이고, 어두운 방에 들어간 것은 냄비 안에 집어넣는 것이고, 흰 구름이 뭉게뭉게 일어나는 것은 불을 때서 김이 오르는 것이고, 차돌방아를 찧는 것은 입 안에서 이빨에 씹히는 것이고, 붉은 고개를 넘어가는 것은 목구멍을 넘어가는 것이고, 노적관을 씌우는 것은 똥이 되어 나오는 것일세."

하고 해몽해 주거든.

메기는 이 말을 듣고 좋은 꿈을 흉측하게 해몽해 준다고 그만 골이 나서 가자미의 눈통을 한 대 탁 때렸지. 그러니까 가자미의 눈은 두 눈이 한데로 모였지. 가자미도 화가 나서 낙지를 찾아가서 메기한테 되게 얻어맞았다는 말을 하고 같이 가서 분풀이를 해 달라고 했지. 낙지는 그러라고 하고 같이 가는데 잘못하다가는 메기한테 눈을 얻어맞을지 몰라 미리 눈을 빼어서 꽁무니에다 달고 갔지. 그리고 가자미하고 한통이 되어서 메리 대가리를 짓밟고 입을 귀밑까지 쫙 찢어 놓았지. 병어가 이런 꼴을 보고 우스워 죽겠지만, 그러나 크게 웃었다가는 무슨 변이 생길지 몰라서 입을 오므리고 웃었지, 그래서 병어는 입이 조그마해졌더래.

메기의 머리가 납작하고 입이 큰 것이라든가 가자미의 두 눈이 한데로 모이고 낙지의 눈이 꽁무니에 가 박혀 있고, 병의 입이 조그맣게 된 것은 옛날에 이런 일이 있었기 때문이래.

(임석재, 「메기의 꿈」, 『옛날이야기선집 1』, 교학사, 1975, 104~107쪽)

풍자의 대상과 조건

'메기의 꿈'에서 꿈풀이를 좋게 하는 이는 망둥이요 나쁘게 하는 이는 가자미다. 그런데 자세히 살펴보면 이야기는 은연중 꿈을 좋게 푼 망둥이를 놀리고 있다. 주인공 격이랄 수 있는 메기도 귀가 얇고 뒤퉁스러워 또한 놀림감이다. 가자미는 입바른 소리하다가 메기한테 당하지만 그리 밉지는 않고, 낙지는 왁살스럽긴 하지만 의협심이 있어 보인다. 병어는 그냥 구경꾼이며 이야기를 더 아기자기하게 하는 양념감일 뿐이다.

요컨대 이 이야기에서 풍자의 대상이 되는 이는 망둥이와 메기이다. 이야기는 대놓고 망둥이더러 '별 재주도 없는 것이 해몽해 준다고 남보다 먼저 출랑대고 나서서 말하다가 끝도 맺지 못 하고 낑낑거리는' 주책바가지라 나무란다. 메기한테는 대놓고 나무라는 대신 싫은 소리 못 참고 주먹질이나 하는 왈패처럼 묘사한다.

이제 이야기 분위기가 좀 더 분명해졌다. 메기는, 말하자면 힘만 믿고 으스대는 권력자를 빗댄 것이다. 망둥이는 발할 것도 없이 권력자에게 듣기 좋은 소리로 알랑거리기나 하는 소인배를 가리킨다. 정리해 보면 이렇다.

'하루는 권세 부리는 자가 꿈을 꾸었다. 그 꿈은 누가 봐도 흉몽이다. 하지만 아첨꾼은 권세 부리는 자의 환심을 사기 위해 흉몽을 길몽으로 바꾸어 놓는다. 그 꼴을 보고 있던 입바른 자가 똑바로 해몽을 해 준다. 권세 부리는 자는 화가 나서 그를 벌준다. 이 소동은 곧 패싸움으로 이어진다.'

어떤가? 망둥이와 메기가 풍자의 대상이 된 까닭이 분명해졌지 않은가?

이야기 속에 숨어 있는 풍자는 날카로우면서 무딘 양날의 칼과 같다. 날카로운 쪽은 풍자의 대상이 되는 인물을 겨누고 무딘 쪽은 반대편을 향한다. 겨눔을 당한 이에게는 아픔이지만 다른 사람들에게는 그냥 웃음일 뿐이다. 풍자의 칼끝이 겨누는 대상은 정해져 있다. 아무나 풍자의 제물이 되는 것은 아니란 뜻이다.

그러면 어떤 인물이 풍자의 칼을 받기 쉬운가? 첫째가 강자다. 힘이나 돈, 권력이나 명성 중 어느 하나라도 넘치게 가지고 있는 자는 풍자의 대상이 되기 쉽다. 무엇이든 지나치게 많이 가지면 그 자체로 허물이라고 옛사람들은 말해 왔으며 이는 준엄한 진실이다. 또 권력자와 부자들은 대개 그 힘과 돈을 이용해 약자들을 괴롭히는 수가 많다.

둘째는 자기만 아는 오그랑바가지다. 누구든 자기 이익만 챙기다 보면 남에게 해를 입히게 마련이다. 남이야 죽든 말든 나만 살면 된다고 여기는 자는 대개 힘과 돈에 빌붙어 양심 팔아먹기를 예사로 한다. 이런 이들이 풍자의 칼을 맞는 건 당연한 일이다.

셋째는 공연히 으스대거나 젠체하는 허풍쟁이 난봉꾼들이다. 없으면서 있는 체, 모르면서 아는 체, 아니면서 그런 체하는 이들은 대개 겉멋만 잔뜩 부리고 속은 텅 빈 경우가 많다. 따지고 보면 가엾은 이들이지만 풍자의 칼날을 피해 가기는 어렵다.

그래서 양반은 놀림감이 될 수 있지만 농사꾼 백성은 웬만해서 놀려먹을 수 없다. 벼슬아치는 종종 풍자의 대상이 되지만 가난한 선비는 그렇지 않다. 겉으로 점잖은 척하는 스님이 어린 상좌에게 당하는 건 옛이야기 세상에서는 예사로운 일이다. '메기의 꿈'에서도 메기와 망둥이는 풍자의 대상이 될 조건을 갖추었다. 하지만 가자미와 낙지와 병어는 그렇지 않다. 조건을 갖추지 못한 이들을 풍자하게 되면, 이야기를 듣는 이들은 그 칼끝이 마치 자기를 겨누는 것 같아 거북스러워질 것이다.

빗나간 풍자, 어색한 교훈

이제 교과서에 실린 '멸치의 꿈'을 다시 읽어 보자. 멸치는 비록 작은 물고기이지만 '남해에서 제일가는 부자'이며 듣기 좋은 소리만 들으려 하므로 풍자의 대상이 될 조건을 갖추었다. 낙지도 꿈풀이를 하면서 멸치 듣기 좋은 말만 늘어놓았으므로 마땅히 놀림감이 될 수 있다.

그런데 이상하게도 이야기는 이 둘에게 아무런 생채기를 입히지 않는다. 특히 낙지는 좋은 말로 꿈풀이를 한 뒤 후한 대접을 받고 돌아감으로써 점잖은 선비의 모습을 보일 뿐이다. 그리고 이어지는 이야기의 화살촉은 뜻밖에도 애꿎은 가자미를 겨눈다.

가자미는 힘든 심부름을 시키고서도 자기한테 '수고했단 말 한 마디' 없는 멸치가 야속해서 그를 '곯려' 주려고 낙지와는 다른 꿈풀이를 한다. 그러니까 가자미는 속 좁은 심술쟁이이고, 그의 꿈풀이는 일부러 남을 해코지하려고 지어낸 것이다. 이야기를 듣는 이는 누구나 가자미의 비뚤어진 심사에 눈을 흘길 만하다. 그리고 어쩌면 멸치가 분을 못 이겨 가자미의 뺨을 후려칠 때 '쌤통이다' 거나 '맞아도 싸다'고 느낄지 모른다.

이건 빗나간 풍자이다. 만약에 이로써 '꿈풀이란 귀에 걸면 귀걸이 코에 걸면 코걸이'라는 말을 하려 했다면 그 또한 어색한 교훈이다.

다시 말하지만 '메기(멸치)의 꿈'은 풍자이야기다. 듣기 좋은 소리만 들으려 하는 권력자 또는 부자와, 그 앞에서 듣기 좋은 소리로 비위를 맞추려는 아첨꾼을 보기 좋게 놀려먹는 이야기인 것이다. 그러므로 꿈풀이는 흉하게 하는 것이 옳다.

꿈을 요조모조 따져보면 누구나 나쁜 해몽이 아귀가 딱 들어맞는다는 것을 알 것이다. 좋은 해몽은 억지로 꿰어맞춘 궤변일 뿐이라는 것도. 그런데도 나쁜 해몽을 한 가자미를 은근히 나무라거나, 이런 풀이 저런 풀이가 다 일리 있다는 식으로 말하는 건 어색하고 불편하다.

여기 재미난 꿈풀이 이야기를 하나 더 보일 터이니 읽으며 풍자의 참맛을 느껴보기 바란다.

(앞 줄임)

“하두 몽사가 사나워서 꿈 해몽 좀 해 주십사 하고 왔습니다.”

그러니께,

“그럼 어떻게 꿈을 꿨길래 그러느냐?”

“달리 꾼 게 아니라 합덕방죽에 제가 사는 줄은 번연히 아시는 줄 믿습니다. 아 하루저녁 꿈을 꾸자 하니 합덕방죽 요위 두른 일본놈이 금줄 놋줄 늘인 드끼, 천당에 올라간 드끼 지하에 뚝 떨어진 드끼, 열 놈에 움킨 드끼 평양 갓에 담긴 드끼, 식칼장도 맞은 드끼 좌우 논을 뿌린 드끼, 음지양지 쐰 드끼 식음을 나갔다가 서문으로 쓱 나와 버렸습니다.”

“아하 거참 니놈 인젠 마지막 가는 생명에 마지막 바치는 꿈을 꾸었으니 너는 참 낭패로다.”

“그래 아저씨 어떻게 꾸었으면 그렇습니까?”

하니까,

“으 합덕방죽에 일본놈이 금줄 놋줄 내렸다는 건 낚싯줄을 늘인 게고, 천당에 올라갔다는 건 네가 낚싯줄에 채서 하늘에 올라간 거고, 지하에 뚝 떨어진 것은 니가 낚싯바늘에 꿰어 딸에 뚝 떨어진 거고, 열 놈에 움킨 것은 두 손으로 움키면 다섯 손가락 다섯 손가락 열 손가락이니 열 놈에 움킨 것이다. 평양 갓에 담긴 듯한 건 네가 대바구니에 담겼어. 또 식칼장도 맞은 듯한 건 네 몸뚱이를 자옥자옥 쓸은 게고, 좌우 논을 뿌린 듯한 것은 소금을 슬슬 네 몸뚱이에 얹어서 음지양지 쐰 것은 접시에 뒤집어 놨다 잦혀 놨다 네 몸뚱이가 익었다. 식음으로 나갔다 서문으로 쓱 나온 것은 입으로 먹었다 그 사람 화장

    1부 이야기의 출발, 상상력

실로 간 것밖에 아무 것도 없느니라."

(『한국구비문학대계 4-1 충청남도 당진군편』 95~96쪽)

3부

옛이야기 풀어 놓기

의인화는 만능인가?

옛날 옛적 어느 산골 마을에, 의원 한 분이 살았습니다. 하루는 아기호랑이 한 마리가 의원을 찾아왔습니다.

"의원님, 저희 아버지를 좀 살려 주세요."

"뭐? 네 아버지를 살려 달라고?"

"네, 아버지 목구멍에 뼈가 걸렸어요."

의원은 아기호랑이를 따라 호랑이 굴로 갔습니다. 호랑이는 몹시 아픈 표정을 지으며 말하였습니다.

"의원님, 빨리 이 뼈를……."

의원은 호랑이 목구멍에 걸린 뼈를 빼내고 치료해 주었습니다.

다음 날 새벽이었습니다. 호랑이는 의원 집 앞마당에 커다란 멧돼지를 물어다 놓았습니다. 아침 일찍 일어나 이것을 본 의원은 깜짝 놀랐습니다.

"아니, 이게 웬 멧돼지야?"

호랑이는 사립문 뒤에 숨어서 이 모습을 지켜보고 있었습니다.

(『초등학교 교과서 2-2 말하기 · 듣기』 38쪽, 『초등학교 교사용 지도서 2-2 국어』 137쪽)

호랑이의 두 얼굴

이 이야기는 우리 나라 곳곳에 널리 전하는 호랑이 이야기 중 하나로서, 한국설화유형분류에 따르면 '415-8 구해 준 호랑이의 보은'에 해당된다. 앞부분은 호랑이 목에 걸린 가시(또는 비녀)를 빼 주는 화소가 중심을 이루고, 뒷부분은 호랑이가 그 은혜를 갚는다는 줄거리다. 은혜를 갚는 방법은 여러 가지이다. 이 이야기에서처럼 산짐승을 잡아 주기도 하지만, 각편에 따라서는 명당을 잡아 주기도 하고 신기한 보물을 주기도 하며 주인공이 총각일 경우에는 장가를 보내 주기도 한다.

호랑이는 우리 옛이야기에 가장 자주 나오는 동물로서,* 그 모습은 크게 두 가지이다. 사람에게 도움을 주거나 본보기를 보이는 '좋은 모습'이 그 첫째요, 사람을 해코지하거나 어리석게 그려지

---

* 우리 옛이야기에 자주 나오는 동물을 차례대로 꼽으면 '호랑이, 토끼, 여우……' 차례다. (성기열, 『한국설화의 연구』, 인하대학교 출판부, 1988, 167쪽)

는 ‘나쁜 모습’이 그 둘째다. 좋다고도 나쁘다고도 할 수 없는 미지근한 모습으로 나오기도 하는데, 이때는 사건을 만드는 주체가 아니라 대상으로 그려지는 것이 보통이다. 대개 익살맞게 그려지는 ‘호랑이 잡는 법’ 이야기나 ‘호랑이 쫓기’ 또는 ‘호랑이 꼬리 잡기’ 이야기가 여기에 해당된다.

호랑이가 좋은 모습으로 그려질 때, 그 성격은 사납지 않고 따뜻하다. 호랑이가 ‘산군’이라고 불리며 산신령의 분신으로 묘사될 때도 사람을 다스린다기보다는 배려하고 도와주는 모습으로 나타난다. 효성 있는 젊은이를 등에 태우고 다니기도 하고, 가난한 사람에게 재물을 선사하기도 하며, 처녀총각의 중매를 서 주기도 한다. 너그럽고 따뜻하면서도 슬기롭고 재주 많은 영물, 이것이 호랑이의 좋은 모습이다. 반면에 호랑이의 나쁜 모습은 매우 사납고 모질며 또한 어리석다. 사람을 잡아먹으려 드는 건 예사이고, 토끼처럼 약한 동물을 괴롭히는 데도 인정사정이 없다. 그러면서도 매우 어리석어 제 꾀에 제가 넘어가기가 십상이다. 짐작컨대, 옛날 백성들은 사나운 호랑이한테서 그들을 억누르는 악인 또는 권력의 모습을 보았는지 모른다.

호랑이 이야기를 아이들에게 들려줄 때는 처음부터 호랑이의 선악을 분명히 하는 편이 좋다. 아이들은 이야기 속 인물이 ‘착한 편’인지 ‘나쁜 편’인지를 알아야 동일시 또는 적대시가 가능하고, 그래야 제대로 이야기에 빠져들 수 있기 때문이다. 이야기에 나오는 인물의 선악이 뚜렷하지 않으면 누구의 눈으로 사건을 바라보아야 할지 헷갈리게 된다. 이것이 이야기를 즐기는 데 큰 걸림돌이 됨은 말할 것도 없다. 어떤 인물이 착한 편이냐 나쁜 편이냐 하는 것은 바로 이야기의 결과를 좌우하는데, 이 때문에 옛이야기는 처음부터 결과를 예상할 수 있는 방식으로 시작된다. 가령 이야기꾼이 "옛날에 효자가 살았는데, 하루는 산에서 호랑이를 만났어." 하면, 그 순간 듣는 이는 '저 호랑이는 효자를 도와주고, 끝에 가면 복 받고 잘 살게 되겠네.' 하는 식의 예상이 가능한 것이다. 그리고 이야기는 열이면 열 그 예상대로 흘러간다. 반전? 옛이야기에서 그런 것은 금기에 속한다.

의인화, 소통을 위한 장치

옛이야기에서 동물이 사람처럼 말을 하는 것은 조금도 이상한 일이 아니다. 동물뿐 아니라 식물이나 무생물도 얼마든지 말하고 움직이고 생각할 수 있다. 옛이야기 세상에서는, 비록 벼룩이 사람에게 씨름을 청하고 바늘과 골무가 말다툼을 벌인대서 그걸 가지고 시비를 걸어서는 안 된다. 하지만 의인화에는 반드시 필연성이 뒤따라야 한다. 호랑이가 왜 말을 하고 돌멩이가 왜 생각을 하는지 설명할 수 있어야 한다는 뜻이다. 그것을 설명할 수 없을 때 이야기는 참을 수 없는 어색함으로 빠져든다.

대개 의인화의 필요성은 소통을 위한 장치로 설명된다. 다시 말해 동물과 사람, 동물과 동물이 서로 말을 주고받아야만 무언가 일

이 될 때 의인화가 필요하다는 말이다. 호랑이는 어떤 경우에 의인
화되는가? 몇 가지 보기를 살펴보자.

　웬 늙은이가 밭을 매니까루 산에서 호랭이가 내려왔더랴. 호랭이가,
　"밭을 할머니가 먼저 매면 고만두고, 내가 먼저 매면 할머닐 잡아먹
것다."
　그러거든. 아 내기를 하니깐 호랭이가 발톱으로 호비호비 다 맸잖
아?
　"할머니! 잡아먹것소."
　그라거든.
　"에이, 내가 밭 매 가꾸느라고 애썼는데, 아 팥을 떨어서 팥죽이나
쑤어 먹거든 잡아먹거라."
　아 냅다 팥을 거두니까, 또 호랭이가 나와서,
　"할머니 잡아먹으러 왔다."
　구 그러니깐,
　"이 팥을 거두니까 떨거든 팥죽이나 쑤어 먹거든 잡아가라."
　　　　（『한국구비문학대계 1-9 경기도 용인군편』449쪽）

　그래서 인제 남구 위루 올라가서, 호랭이는 못 올라가니까는, 남구
에 올라가서 앉아서는,
　"아유, 성님."
　호랭이를 보구,
　"아유, 성님. 어머니가 그저 성님을 하나 나 놓으시데이 맏성님을
나 놓으니까는 성님처럼 그렇게 탈을 써서 어두루 나갔다고 어머니가

밤낮 뇌심초사하시디 성님을 인제 만났소.”

아, 대구 그러거든.

“아, 내가 널 잡아먹을라고 그러는데 니가 왜 나를 성이라 그러느냐.”

구 그러니까,

“그리구 무슨 죄루다가 성님 우리 어머이 뱃속에서 태어났는지 알 수가 없다.”

구. 하두 성이라 그러니까는 고만 호랭이가 졌어. 져 가지고,

“니가 그럼 내 동생이믄, 어머이가 여태 살아 계시냐?”

“살아 계십니다.”

구.

(『한국구비문학대계 2-6 강원도 횡성군편 (1)』 587~588쪽)

살려놓깨 호랭이란 것이 양호유환이라고 호랭이란 것이 이것 이놈이 공을 갚을 줄 알았드이 공은 갚기는시리,

“내가 함정에 빠져서 매칠을 굶었어. 굶었으니 내가 너를 먹어버려야 내가 살것다.”

이러거든. 이 이런 난사가 있소. 양오유환이라고 살려놓응깨 살려준깨 댑대 잡어먹을란다고 그러요. 아이 살 도리가 없겠어. 호랭이한테 살싹 못 허고 죽게 생겼소 그려. 죽게 생겼는디,

“그러믄 내가 죽더라도 니가 내 공로를 나 땜새 산 놈이 나를 잡어먹을란다고 허니 그럼 우리 가서, 우리 가서 재판이나 좀 히자.”

“어디로 갈그나?”

“암디 바우한테로 가자. 암데 바우가 거 참 이름이 있고 거시기한

바독이 그릏게 큰 바우가 거시기 암디 산에 가서 있응게 거그 가서 재
판을 해 보자.”

(『한국구비문학대계 6-2 전남 함평군편』 706~707쪽)

보다시피 이런 경우 호랑이가 사람과 직접 소통하지 않으면 이야
기가 진행이 어렵게 된다. 이를테면 ‘팥죽할머니와 호랑이’에서
할머니를 잡아먹으려 하는 호랑이는 이미 적대자로 인격화되어 있
다. 할머니는 어떻게든 시간을 벌어야 하는데, 이때 호랑이와 말을
주고받지 못하면 그 일이 어렵게 된다. ‘호랑이 형님’에서도 궁지
에 몰린 사람이 호랑이에게 말을 거는 것은 아주 자연스러운 행동
으로 비친다. 이때 호랑이를 인격화하지 않고는 ‘형제’라는 관계
맺음이 이루어질 수 없기 때문이다. ‘토끼의 재판’에서도 호랑이
로 하여금 말을 하게 만드는 건 필연이다. 그렇지 않고서는 재판조
차 받아 볼 수 없을 것이다.

이렇듯 의인화는 소통을 위한 장치이다. 바로 그렇기 때문에 말
을 하지 않아도 소통이 이루어진다면 굳이 그런 거추장스러운 장
치를 마련할 필요가 없다. 의인화가 만능은 아닌 것이다. 이제 교
과서 이야기를 다시 살펴보자. 호랑이 부자의 의인화는 자연스러
운가? 만약 자연스럽지 않다면, 그 의인화는 부질없는 헛손질이라
는 혐의를 벗기 어렵다. 여기서 호랑이들에게 당장 필요한 것은,
의원에게 굴로 가자는 뜻과 목에 걸린 뼈를 빼 달라는 부탁을 전하
는 것이다. 이 정도의 소통이라면 굳이 말을 하지 않아도 될 것 같

은데……. 구전되는 이야기는 이 대목을 어떻게 처리하는지 살펴
보자.

　저 후미진 산중길로 오는데 큰 천근대호란 놈이 질바닥에 눈에 불을
발그라니 써가 입을 딱 벌리고 아래가 떡 앉아가 있단 말이야. 앉아가
있이이 아 이거 고마 간이 떨어지는기라.겁이 나서 말이지. 그러니께
뒷걸음을 칠 수도 없고 말이지 앞으로 들어갈 수도 없고 뒤로 나갈,
도망갈 수도 없고 그래 마 뚝 섰단 말이라. 서니께 벰(범)이 치알라보
드니 자꾸 앞발을 들어서 입을 이리 개리키. 입을 깍 벌리고 입을 자
꾸 개리친다 말이라. ‘아하 저놈이 날 잡아먹을라쿠는 게 아이
고…….’ 인제 머리가 그리 돌아가는 기라. ‘날 먹을라쿠는 게 아니
고…….’ 범도 상주는, 상주는 범도 안 물어간다는 기야. 그래서 ‘저기
뭐 입에 뭐이 걸렸다 말야. 그러니 내가 들어가 보자. 저놈이 잡아묵
을 거 같으믄 후쳐와 앵겨들낀데 말이지. 발로 가 자꾸 말이지 입을
이래고 입을 꽉 벌려가 입도 몬 오무리고 자꾸 고개를 끄떡이고 그마
눈물을 흘리니 말이지 저기 입에 뭐이 걸렸다’ 말이지.
　　(『한국구비문학대계 1-1 서울 도봉구편』 708쪽)

　가다보니께 참 대호란 놈이 말하자면 호랑이죠. 참 대호란 놈이 나
서더니만 아 뒤를 돌려대면서 자꾸 목을 [고개를 돌리며] 이렇게 한단
말여.
　“니가 날 잡아먹으려 그러느냐?”
　그렇지 않다구 고개를 설렁설렁 내흔든단 말여.
　“그럼 날 여기 올라타란 말이냐?”

그제는 고개를 끄덕끄덕햐. 올라탔어. 타니께니 비호같이 가는데, 굴 속으로 떡하니 들어가거든. 들어가 본께 그 새끼호랑이가 있어. 호랭이 새끼 한 마리가 있는데,

"하 이놈이 제 새끼를 날 잡아먹일라는가?"

하고 있으니께 제 새끼 입을 딱 벌려뵈여. 입을 딱 벌려 뵈주는데 보니께 (줄임) 그 참 비녀가 목구멍에 걸렸어.

(『한국구비문학대계 3-4 충북 영동군편』 478쪽)

그래서 시모살이를 하는디 삼 년이 다 되는데 하루는 집 바깥에서 호랑이가 와서 으르릉거리거든. [혼자 집 밖에서요?] 그 시체 모셔 논 데서. 그런데 그이 상주가 인저, 그 호랑이가 와서 자기 아버지 시체를 어떻게 할깨비 쫓아나간 기여. 바깥으로 나왔는디 이렇게 호랑이가 앉아서 고개를 내밀고 괴로워하면서 입을 벌리는디, 그러니까 옛날에 저 여자 비녀가 있거든. 이게 가로 걸렸어. 그래서 아니라 그걸 빼내 달라고 왔구나. 그걸 뺐거든. 그걸 뺐으면 호랑이가 거, 거시기해야 할 텐데 돌아와서는 등을 대고서는 이렇게 막 하거든.

(김기창 외, 『한국구전설화집 9 충남 청양편』, 민속원, 2004, 387쪽)

보는 바와 같이 호랑이와 사람의 소통이 다 몸짓으로 이루어진다. 호랑이에게 굳이 말을 시키지 않는 것은, 몸짓 정도로도 충분히 의사소통이 이루어지기 때문이다. 그런데 구태여 호랑이를 인격화할 필요가 있을까. 이야기 흐름에 비추어 이 경우 호랑이에게 인격을 주는 것은 되레 이야기 진행에 방해가 될 듯하다. 호랑이가 의인

화되기보다 동물로 남아 있을 때, '치료'라는 베풂과 그 뒤의 보은
이 더 자연스럽고 인상 깊지 않겠는가.

이야기에 실린 고정관념

너무 자잘한 것을 가지고 이러쿵저러쿵하는 건지 모르지만, 교과
서 이야기에는 의인화 말고도 어색한 곳이 또 있다. 호랑이는 왜 하
필이면 '의원'에게 도움을 청했을까? 목에 걸린 가시를 빼기 위해
'의원'이 필요하다는 건 사람의 눈으로 본 고정관념일 뿐이다. 짐
승 목에 걸린 가시를 빼내는 정도의 일은 보통 사람도 할 수 있다.
많은 구전이야기가 의원 대신 가난한 나무꾼이나 어려움에 빠진 선
비를 내세우는데, 그것이 나중에 호랑이의 보은을 더 빛내기 위한
설정이란 건 두말할 나위가 없다.

또, 이 이야기 속 아기호랑이는 참 효성스런 호랑이다. 아버지를
위해 위험을 무릅쓰고 마을까지 내려와 의원을 모시고 가니 말이
다. 아비호랑이는, 좀 안된 말이지만 목에 가시가 걸린 정도의 병을
핑계로 자식을 사지로 내몰았다. 그럴 필요가 있는가? 이야기를 다
시 쓴 이는 이런 화소를 빌어 아이들에게 효성을 가르치려고 했을
까? 설마? 많은 각편들이 오히려 아기호랑이를 위해 어미호랑이가
사람을 자신의 굴로 데려가는 것으로 되어 있다. 그게 더 자연스럽
기 때문이다. 아기호랑이의 효성이 강조되면, 반드시 나중에 그 효
행에 대한 보답도 있어야 한다. 하지만 이 이야기의 고갱이는 '효

성'이 아니라 '보은'이다.

게다가 끝에 가서 아비호랑이가 의원 집에 멧돼지를 물어다 주고 '사립문 뒤에 숨어서' 지켜보고 있는 장면에 이르면 좀 난감해진다. 호랑이의 자상함을 드러내기 위한 대목이라면 전혀 그럴 필요가 없는 것이고, 은혜 갚음을 강조하려는 의도라면 '지붕 위의 집'이 아닌가. 이미 아비호랑이는 멧돼지로 보은을 끝낸 터인데 말이다. 다시 말하지만 고정관념이나 합리성에 매달리면 매달릴수록 옛이야기는 빛을 잃는다. 옛이야기는 발랄하고 자유로운 상상의 땅에서 피어나는 꽃이다.

신화의 주인공, 우상화 또는 인간화

아득한 옛날 이야기야. 사람들은 여기저기 흩어져서 농사를 짓거나 고기를 잡으며 살고 있었대.

그 때, 저 남쪽 바닷가에 어떤 할머니가 살고 있었는데, 하루는 바다에 조개를 주우러 갔다지. 그런데 웬 커다란 배 한 척이 둥실둥실 떠내려오더라는 거야. 그래서 배에 올라가 보았더니 둥그런 알이 하나 있는데, 갑자기 알이 '쩍' 하고 갈라지면서 속에서 우렁찬 아이의 울음소리가 들려 오더래.

'웬 아기의 울음소리지.'

가만히 살펴보니 정말 아이가 아니겠어?

'신기하기도 하다. 알에서 아이가 태어나다니.'

할머니는 이상하게 여기면서 그 아이를 데려다가 정성스레 키

웠어.

그 아이는 할머니 덕에 무럭무럭 자랐지. 그런데 자라는 것을 보니까, 이 아이가 보통 아이가 아니야. 영리하고 씩씩하고 너그러웠지. 커 갈수록 더 훌륭하게 자랐지.

그래서 이 아이는 나라의 공주님과 결혼을 했어. 임금님의 사위가 된 것이지. 그랬다가 임금님이 돌아가시니까 바로 이 아이가 임금님이 되었던 거야.

그것도 아주 훌륭한 임금님이 되어, 나라를 잘 다스렸대. 백성들이 편안하게 잘 살 수 있도록 온갖 노력을 다 했다고 해. 그래서 그 나라 사람들은 모두 그 임금님을 존경했지.

그 아이가 누구냐고? 옛날 신라 시대의 세 번째 임금님인 탈해 임금님이야. 석탈해 임금님이야. 참 신기하지?

(『초등학교 교과서 2-1 쓰기』 56쪽, 『초등학교 교사용 지도서 2-1 국어』 229쪽)

우리 신화의 두 갈래

초등학교 교과서에 실린 옛이야기 중 신화에 드는 것은 4편인데, 그 중 문헌신화가 3편이고 구전신화가 1편이다. 문헌신화는 위에 든 석탈해신화 말고도 단군신화와 견우직녀 이야기가 있고, 구전신화로는 제주도 선문대할망 이야기가 듣기자료로 실려 있다. 중등학교 교과서에는 고주몽신화를 비롯하여 더 많은 건국신화가 나온다. 하지만 구전 무속신화는 교과서에서 거의 찾아볼 수 없다. 서사무가에 실려 전해진 무속신화는 우리 구전신화의 대표가 될 만한 것으로 그 수가 많을 뿐 아니라 문학성도 높다. 그런데 왜 교과서는 이들을 외면하는 것일까?

옛날 왕조 시대에는 건국신화가 어용신화로서 대접받고 무속신화는 미신이라 하여 천대받을 만한 까닭이 있었다. 하지만 오늘날까지 그러한 전통이 지켜져야 하는 것일까? 구전된 무속신화도 훌륭한 이야기자산이고 값진 문화유산이라면, 이제는 이것을 잘 건사하여 아이들에게 전해 줄 때가 되지 않았나. 내가 알기로 교과서에 실려 있는 무속신화는 바리데기 이야기(『중학교 2-2 국어』) 한 편뿐인데, 이는 문헌신화가 애지중지되는 데 견주면 턱없는 푸대접이다. 더구나 요새 서양신화가 아이들 정서에 깊숙이 파고드는 모습을 보면, 우리 구전신화를 되살리는 일을 더 미룰 수 없다는 생각이 든다.

말이 나온 김에 우리 무속신화의 특색을 몇 가지 들어 본다.

첫째, 우리 무속신화에 나오는 신들은 그 연상되는 바가 매우 친근하다. 서양 신들이 주로 거창한 자연이나 관념의 상징으로 나타난다면, 우리 신들은 손만 뻗치면 닿을 수 있는 둘레의 자질구레한 사물이나 자연물에 깃들어 있다. 산과 물과 나무와 바위는 말할 것도 없고 집안의 부뚜막이나 장독대 같은 곳에도 신이 있는 것이다.

둘째, 우리 무속신화는 사람 중심으로 이야기가 펼쳐진다. 서양신화는 대개 신들끼리의 사랑과 미움, 음모와 다툼 같은 주제를 다루지만 우리 신화는 보통 사람의 삶에서부터 그 이야기를 풀어나간다. 신들의 권능조차 대개 사람의 문제를 푸는 데 쓰이며, 더러 신들끼리 다툼이나 겨룸이 있어도 그것은 사람을 가운데 두고 벌어지는 것이 보통이다.

셋째, 우리 무속신화는 주인공이 신이 되기까지의 과정을 그리는 경우가 많다. 주인공인 사람이 온갖 어려움을 이겨내고 신격을 얻으면서 이야기가 마무리되는 것이다. 서양신화가 신들의 존재를 기정사실로 하고 이야기를 시작하는 것과는 딴판이다. 그래서 틀거지가 크다고는 할 수 없어도 줄거리는 매우 아기자기하다.

이런 특징은 명백히 우리 신화가 가진 매력이라 할 수 있다. 손질하기에 따라 얼마든지 재미있는 이야기로 거듭날 수 있다는 뜻이다.

신화 주인공의 신격화와 우상화

다시, 문헌신화로 말머리를 돌려 보자. 글로 전해 오는 우리 신화는 대부분 건국신화가 아니면 탄생신화에 든다. 단군신화와 고주몽신화가 건국신화라면 석탈해신화와 김알지신화는 탄생신화이다. 이들 신화는 그 성격으로 보아 주인공의 신격화가 필요하다. 주인공에게 신성성을 불어넣지 않으면 이야기의 목적을 이룰 수 없기 때문이다. 신성성이나 초자연성은 신화가 가진 보편의 성질이기도 하므로 여기까지는 아무 문제가 없다. 하지만 신격화는 반드시 우상화를 동반하는가? 이 물음에는 '그렇다'고 대답하기 어렵다.

신화의 주인공을 우상화하는 일은 그 신이 신앙의 대상이 될 때 일어난다. 이 경우 신은 절대 권위를 가져야 하므로 한 치의 흠도 용납되지 않는다. 한갓 '이야깃거리'가 될 수 없다는 생각 때문에, 신은 이야기 주인공이라기보다는 외경과 숭배의 대상에 가까워진다. 단군신화는 이른바 '겨레의 조상'이라는 신격 때문에 자연스럽게 우상화가 일어난 경우다. '용비어천가'는 지배층의 통치를 정당화하기 위한 근거로 만들어졌으므로 우상화를 동반한다. 이렇게 만들어진 신화는 서사성이 약해져 이야기로서 값어치를 잃어버린다.

'신도 인간성을 가진다.' 이 생각이 보통의 신화에서 우상화가 일어나는 것을 막는다. '신도 사람처럼 욕심을 부리고 화를 내고 꾀를 쓰고 걱정을 한다.' 이 얼마나 재미난 생각인가? 바로 이 명제가 신화를 다만 이야기로 살려 놓는 동력이 되는 것이다. 생각해 보라. 주인공이 감히 쳐다볼 수도 없는 우상이라면 이야기가 재미있겠는가? 실수도 하고 뉘우치기도 하면서 아기자기하게 이야기를 이끌어나가는 주인공이어야 친근하지 않겠는가?

그래서, 대부분의 신화는 주인공을 우상화하는 대신 인간성을 불어넣어 사람과 가까운 자리에 앉혀 놓는다. 그리스·로마 신화는 이 경우 좋은 본보기가 된다. 제우스는 최고의 권능을 가진 신이지만 변덕쟁이에다 바람둥이이기까지 하다. 아폴론도 훌륭한 신이지만 작은 승리에 취해 남을 함부로 깔보다가 큰코다치기 일쑤다. 우리 무속신화도 마찬가지다. 이승을 다스린다는 소별왕은 욕심쟁이인 데다가 내기에서 이기려고 속임수까지 쓰는 얌체다. 저승차사 강림도령은 일솜씨가 좋지 못해 걸핏하면 사람을 잘못 잡아가면서 겁이 많아 잘 놀라기까지 하니 뒤틈바리라 할 만하다.

이런 주인공이 있기에 이야기는 이야기다워지는 것이다. '신화 속의 신은 사람과 다르다. 놀랄 만한 힘도 있고 재주도 있다. 하지만 그 됨됨이는 사람을 닮았다.' 이것이 신화를 이야기로 즐긴 옛사람들의 생각이었다. 이 생각을 제대로 이해한다면 신화의 주인공을 까닭 없이 우상화하지는 않을 것이다.

신화를 이야기로 즐기려면

석탈해신화는 삼국유사에 실려 있으므로 쉽게 본모습을 읽을 수 있다. 원문의 일부를 옮겨 보겠으니 교과서에 실린 이야기와 견주어 보기 바란다.

이때에 갯가에는 한 노파가 있어 이름을 아진의선이라 하니 곧 혁거세왕의 배꾼 어머니였다. 그는 바다를 바라보고 말하기를 "이 바다에는 원래 바윗돌이 없는데 웬 까닭으로 까치들이 몰려서 울꼬?" 하고는 배를 저어 가서 찾아보니 웬 배 한 척 위에 까치들이 몰려 있었다. 배 가운데는 궤짝이 한 개 있는데 길이가 20척이요 너비가 13척이었다. 그는 배를 끌어다가 어떤 나무 숲 아래 가져다 두고 좋은 일인지 언짢은 일인지 알 수가 없어 하늘을 향하여 맹세를 하고 조금 있다가 궤짝을 열어보니 단정하게 생긴 사내아이가 들어 있고 겸하여 가지각색 보물과 노비들이 가득 실려 있었다. 이레 동안 그의 바라지를 하였더니 그때야 말하기를 "나는 본래 용성국 사람이다. (줄임) 때마침 붉은 용이 있어 배를 호위하여 이곳까지 왔노라."고 하였다.

말을 마치자 그 사내아이는 지팡이를 끌면서 두 종을 데리고 토함산 위에 올라가서 돌무덤을 만들고 이레 동안 머물렀다. 그는 성 안에 살 만한 땅을 찾아 초승달처럼 생긴 산봉우리가 있음을 바라보고 그 지세가 오래 살 만한 자리인지라 곧 내려가 알아보았더니 이는 호공의 댁이었다. 그는 곧 꾀를 써서 남몰래 그 집 옆에 숫돌과 숯을 묻고는 이튿날 아침에 그 집 문 앞에 와서 말하기를 "이 집은 우리 할아버지 적 집이다." 하니 호공은 그렇지 않다고 하여 서로 시비를 따지다가 결판을 못 내고 필경은 관가에 고발하였다. 관리가 말하기를 "무슨 증거가 있기에 이것을 너희 집이라고 하느냐?" 하니 그 아이가 대답하기를 "우리 집은 본래 대장장이인데 잠시 이웃 지방으로 나간 동안에 다른 사람이 빼앗아 여기 살았습니다. 땅을 파서 사실해 주소서." 하여 그 말대로 파 보니 과연 숫돌과 숯이 나왔으므로 곧 빼앗아 살았다.

이때에 남해왕이 탈해가 지혜 있는 사람인 줄을 알고 맏공주로써 아내를 삼게 하니 이가 바로 아니부인으로 되었다. 하루는 탈해가 동악에 올라갔다가 돌아오는 길에 심부름하는 자를 시켜 물을 구하여 마시는데 심부름하는 자가 물을 길어 가지고 오던 도중에 먼저 마시고 드리려 하니 물그릇이 입에 달라붙어 떨어지지 않았다. 그래서 나무랐더니 심부름하던 자가 맹세를 하여 말하기를 "다음에는 설혹 가깝고 멀고 간에 감히 먼저 마시지 않겠소이다." 하니 그때야 그만 그릇이 떨어졌다. 이로부터는 심부름하는 자가 감히 속이지 못하였다. 지금도 동악 속에는 우물 하나가 있어 속칭 요내우물이라 하는 것이 바로 이것이다. 노례왕이 죽자 광무제 중원 2년 정사 6월에 탈해가 바로 왕위에 올랐다. 그가 '이것이 옛날 우리 집이오.' 하면서 남의 집을 빼앗았다 하여 성을 옛 '석'자로 하였다.

(『신편삼국유사』, 리상호 옮김, 신서원, 1994, 78~80쪽)

『삼국유사』에 따르면 석탈해는 비록 용왕의 아들로 신격을 지닌 인물이지만 속임수에 능한 거짓말쟁이에다 사기꾼이다. 마음에 드는 집을 보자 그 옆에 숯과 숫돌을 묻는 교묘한 속임수를 써서 남의 집을 빼앗았으니 말이다. 옛날 일을 빌미로 남의 집을 빼앗았다 하여 옛 '석(昔)'자로 성을 삼았다는 것과, 남해임금이 그 속임수에 반해 사위 삼았다는 대목에 이르면 절로 쓴웃음이 나온다.

그런데 교과서 이야기는 이 속임수 대목을 다 빼버리고 다만 '영리하고 씩씩하고 너그러웠지. 커 갈수록 더 훌륭하게 자랐지.' 라고만 했다. 이것은 아이들에게 '교육적인' 것만을 보여 주려는 배려인가? 이로써 주인공은 미화되었을지 모르지만 이야기의 재미는 줄어들었다.

그뿐 아니라 석탈해는 아랫사람에게 가혹한 권력자의 모습도 보인다. 심부름꾼이 물을 떠 올 때 그것을 먼저 마셨다고 해서 물그릇을 입에 붙여 떨어지지 않게 했다는 것이다. 신의 권능을 이용하여 고작 한 짓이 아랫사람을 을러대는 일이라니! 결코 신의 풍모라 하기 어렵다. 그런데 교과서 이야기는 이 일화 대신에 '아주 훌륭한 임금님이 되어, 나라를 잘 다스렸대. 백성들이 편안하게 잘 살 수 있도록 온갖 노력을 다 했다고 해. 그래서 그 나라 사람들은 모두 그 임금님을 존경했지.' 라고만 해 놓았다.

이로써 이야기는 서사성을 포기하고 우상화의 길로 한 걸음 다가갔다. 글쎄, 우상화라고 하면 지나칠지 모르지만 적어도 원본을 정직하게 전달하지 못했다는 비판은 비껴가기 어려울 것 같다. 참고로 삼국유사 탈해왕 편에 그의 업적을 기리는 내용은 어디에도 없다.

그런데 여기서 우리는 한 가지 의문이 생긴다. 옛사람들은 왜 이런 이야기를 만들어 퍼뜨렸던 것일까? 석탈해는 신화 주인공이기도 하지만 실제로 절대권력을 가진 왕이었다. 왕을 이렇게 희화화해도 되는 것인가?『삼국유사』지철로왕 편에 보면 왕의 생식기 길이가 1자 5치라는 말과 함께 왕비의 똥덩이가 어찌나 컸던지 개 두 마리가 양쪽 끝에서 다투어 먹더라는 얘기도 나온다.

옛날 백성들은 용비어천가 같은 신성한 얘기로 왕을 우상화하는 대신 이 같이 재미난 이야기로 왕조차 자신들 자리 가까이 끌어내리려 했을 것이다. 그리고 현명한 권력자들은 이것이 권위의 손상이 아니라 권력의 대중화로 이어진다는 것을 알아차렸기 때문에 굳이 막지 않았으리라.

거듭되는 말이지만 이야기는 어디까지나 이야기다. 이야기가 재
미와 공감을 잃으면 그것은 이미 이야기가 아니다. 우리는 오늘도
'교육' 이라는 이름으로 아이들 눈과 귀를 가리고, 조상으로부터
물려받은 재미난 옛이야기를 한갓 하품 나는 잔소리로 바꾸고 있지
나 않은지 반성해 볼 일이다.

인물전설 다시쓰기의 길 찾기

옛날 옛적, 어느 집에 도둑이 들어 이른 아침부터 집 안이 떠들썩하였습니다. 아침 글공부를 하다가 맑은 공기를 쐬려고 방문을 열던 도련님이 물었습니다.

"무슨 일이냐?"

그러자 하인이 말하였습니다.

"간밤에 광 속에 있는 찹쌀을 도둑맞았어요. 뒤주 안에 찹쌀이 가득했는데 줄었어요."

도련님은 광을 둘러보았습니다.

'음, 이상한 일이구나! 없어진 찹쌀의 양이 그리 많지 않고, 바닥에 한 알도 흘리지 않았다니……'

도련님은 도둑이 집 안에 있는 사람이라고 짐작하였습니다. 밤

새 글공부를 하였는데, 간밤에 누가 담을 넘거나 대문을 여는 소리를 전혀 듣지 못했기 때문입니다.

"인제 그만 제 할 일이나 하여라. 도둑은 내가 잡을 테니……."

도련님은 하인들에게 이렇게 말하였습니다. 그러고는 여느 때처럼 방에 들어가 글을 읽었습니다.

"도대체 어떻게 도둑을 잡을 수 있다는 거야?"

하인들이 수군거리기 시작하였습니다.

며칠이 지났습니다. 드디어 도련님이 입을 열었습니다.

"찹쌀 두 말로 인절미를 해 놓아라."

하인들은 까닭도 모르고 찹쌀을 퍼내어 인절미를 만들었습니다. 인절미를 다 만들자, 도련님은 집 안의 하인들에게 모두 모이라고 하였습니다.

"도련님, 다 모였습니다."

"그래, 그럼 이 떡을 먹고 싶은 대로 마음껏 먹어라."

"아이고, 이게 웬 떡이냐? 빨리 먹자."

모두들 정신 없이 먹고 있는데 한 여자 하인만이 먹는 시늉만 할 뿐 거의 먹지 않았습니다. 도련님은 찹쌀 도둑이 바로 그 하인일 것이라는 짐작을 하고 따로 그 하인을 불러내었습니다.

"다들 인절미를 좋아하는데 너는 왜 먹는 시늉만 하였느냐? 혹시 네가 찹쌀을 훔쳐 갔느냐?"

"도련님, 용서해 주세요. 찰밥이 하도 먹고 싶어서……. 훔친 쌀로 계속 찰밥만 해서 실컷 먹었더니 인절미가 먹기 싫었습니다."

"쉿! 조용히 하여라. 이 일은 나밖에 모른다. 얼마나 배가 고팠
으면 그랬겠느냐?"

"도련님……."

도련님은 그 사건을 없던 일로 덮어두었습니다. 찹쌀을 훔쳐 간
하인은 감격하여 더욱 열심히 일하였습니다.

이러한 사실을 전혀 모르는 다른 하인들이 참다 못하여 물었습
니다.

"도련님, 도둑은 언제 잡나요?"

"이미 잡았지."

"언제요? 누가 도둑입니까?"

"너희들, 인절미를 실컷 먹어 이제는 찹쌀이 보기도 싫지? 인
제 뒤주를 마당에 내놓아도 아무도 안 퍼 갈 거야. 그러니 도둑을
잡은 셈이지."

도련님은 웃으며 말하였습니다. 도련님의 마음을 알지 못하는
하인들은 고개를 갸우뚱거렸습니다.

이 이야기 속의 도련님이 바로 암행 어사 박문수입니다.

(『초등학교 교과서 3-1 읽기』 54~57쪽)

인물전설 주인공과 '엄친아'

잘 알다시피 인물전설은 역사 속 한 인물에 얽힌 이야기다. 그리
고 이 경우 이야기는 대개 대상이 되는 인물의 훌륭한 점을 드러내

는 데 초점을 맞추게 마련이다. '그 사람이 그렇게 영특했다더라.' 또는 '그 사람 마음씨는 그토록 너그러웠다더라.' 같은 말을 하기 위해서 전설은 이야기되는 것이다. 하지만 이 경우에도 이야기로서 매력을 갖추지 않으면 소용이 없다. 만약에 어떤 이야기가 인물의 훌륭한 점을 드러내는 데 급급한 나머지 줄거리의 재미를 소홀히 하게 되면, 그 순간 그런 이야기는 매력과 전승력을 잃고 만다.

우리는 어려서부터 인물이야기를 많이 읽어 왔다. 보통 '위인전기'라는 이름으로 나오는 인물이야기책을, 우리 나라 사람이라면 누구든 어린 시절을 보내는 동안 몇 권쯤은 읽었을 터이다. 그만큼 거의 강요되다시피 읽히는 인물이야기인데도 그것이 일반에게 주는 인식은 그리 '훌륭하지' 않다. 위인전기라고 하면 멋지고 대단한 이야기라기보다는 뭔가 따분하고 재미없다는 느낌이 앞서는 것이다. 왜 그런가? 문제는 주인공에 대한 지나친 찬사와 우상화에 있다.

많은 위인전기에 따르면 위대한 인물은 태어나는 순간부터 보통 사람과 다르다. 그들은 이를테면 동쪽하늘에 오색무지개가 뜬다는 식의 '상서로운 징조'와 함께 태어난다. 그리고 자라면서 그 남다름은 점점 더 빛을 낸다. 다섯 살 난 아이가 어려운 한문시를 단숨에 지어내는가 하면 어른도 못 푸는 수수께끼를 척척 푼다. 그만한 능력이 지닌 이들이니 어른이 되어 이루는 업적이야 더 말해 무엇하랴. 이들은 능력뿐 아니라 인품 또한 뛰어나다. 의지 굳고 너그러운 데다 효성이 지극하고 우애 또한 깊은 것이다. 어떤 경우에도 실

패하는 법이 없고 좌절하는 법도 없는, 모든 면에서 완벽한 인물이
바로 위인전기의 주인공이다.

　주인공이 시쳇말로 '엄친아'가 되면 친근감이나 동일시를 기대
하기 어렵다. 주인공에게 거리감을 느끼면 이야기에 빠져들 수 없
게 된다. 거리감이 지나치면 읽는 이는 열등감을 느끼게 될지도 모
른다. '나는 죽었다 깨도 위인은 될 수 없겠어.' 또는 '에이, 뭐야?
나 같은 사람 기죽이는 엄친아 이야기잖아.' 이런 생각을 하며 읽
는 이야기가 재미있을 리 없다. 게다가 주인공에 대한 우상화는 대
개 서사성의 약화로 이어진다. 주인공을 떠받드는 데 힘을 쏟다 보
니 줄거리의 재미는 뒷전으로 밀려나고 마는 것이다.

　이제 위 이야기를 보자. 주인공인 '도련님'은 어느 날 하인들로
부터 찹쌀이 도둑맞은 사실을 보고받는 순간 집안사람 소행일 거라
고 여긴다. 여러 정황을 하나하나 톺아보고 내린 결론인데, 여기서
우리는 주인공의 예사롭지 않은 영특함을 본다. 이어서 주인공은
자신의 생각을 입 밖에 내는 대신 하인들을 진정시키고 일상으로
돌아간다. 웬만한 어른 뺨칠 만큼 침착한 행동이다. 이쯤만 해도 우
리는 감탄을 아끼지 못할 텐데, 이어지는 그의 행동을 보면 입이 딱
벌어진다. 교묘한 꾀를 써서 도둑을 잡아내고도, 범인이 스스로 잘
못을 털어놓자 곧 너그럽게 용서해 준다. 아무도 모르게 없던 일로
덮어둠으로써 도둑으로 하여금 감격하여 '더욱 열심히 일하'게 만
든 것이다. 게다가 도둑은 어제 잡느냐고 묻는 다른 하인들에게는

알 듯 모를 듯한 말을 남기는 유머감각까지 보여 준다. 이쯤 되면 시쳇말 그대로 '완소 엄친아'이다. 반면에 분명히 주인공보다 나이 들어 보이는 하인들은 죄다 어리석고 미련하며 참을성도 없고 말귀도 못 알아듣는 어리보기 같다. 주인공을 돋보이게 하는 완벽한 들러리인 셈이다.

아이들은 이런 이야기를 읽고 무엇을 느낄까? 적어도 주인공과 한 몸이 되는 즐거움을 느끼기는 어려울 것 같다. 보통 아이들이라면 이 완벽한 인물에게서 거리감이나 부러움 같은 걸 느끼지 않을까? 예민한 아이들이라면 열등감을 느낄 것도 같은데? 또 이야기의 재미는 어떤가? 모르긴 해도 이 이야기에서 썩 아기자기한 재미를 느끼는 아이들은 드물 것 같다. 도덕교과서 속 '예화'나 교장선생님 '훈화'처럼 짐스럽게, 또는 떨떠름하게 받아들이지나 않을지……. 만약 그렇다면 그 덤터기는 모두 주인공에 대한 지나친 미화 또는 우상화가 짊어져야 할 것 같다.

박문수 전설의 몇 가지 유형

그러면 여기서 다른 박문수 전설을 대강 살펴보기로 하자. 알다시피 박문수는 조선 영조 때 심남지방에 암행어사로 나가 공을 세운 일이 세상에 알려지면서 암행어사의 대명사처럼 여겨지는 인물이다. 특히 부정한 관리 들추기와 굶주린 백성 구하기로 대표되는 그의 활약상은 부풀려 전해지는 과정에서 수많은 백성들 입에 오르

내리며 사랑받는 바 되었다. 박문수는 실제인물이지만 그에 얽힌 전설은 거의 사실로 믿기 힘든 것이 많다.

구전되는 박문수 전설은 크게 세 가지 성격으로 나뉜다. 첫째는 박문수가 자신의 꾀나 힘으로 악인을 벌주고 불쌍한 백성을 구한다는 이야기다. 여기서 박문수는 이인 또는 훌륭한 관리의 모습으로 그려진다. 둘째는 박문수가 다른 인물의 도움을 받아 어려운 문제를 풀거나 공을 세운다는 이야기다. 여기서는 보통 어린아이, 처녀 같은 약자나 장승, 산신령 같은 초자연존재가 조력자로 나선다. 셋째는 박문수가 자기보다 뛰어난 사람을 만나 망신당하거나 겨우 위기를 벗어난다는 이야기다. 여기에서 그려지는 박문수는 공명심에 들뜬 어리석은 관리일 뿐이다. 보기를 한 가지 살펴보자.

그게 다른 게 아니라, 웬 산을 넘어가는디 박문수가 그전이는 왜 그 행랑살이 허는 종이 있었답니다. 근디 그 집이 망허닝개시루 아덜 열 댓 살 먹은 게 있는디 그걸 쥑일라구 하더랴. 이 행랑살이 허는 눔덜이. 그래 쫓아서 공격해 나가는디 이눔이 산으루 넘어 쬐껴오던 모냥여. 쬐껴오는디, 근디 그 사람덜 그 박문수 가는 길루 시쳐서 내려가서나 워디루 내려가서 숨었는디. 안 일러줬으면 안 죽는디 일러줬어. 칼 가지구 비수 들구 와서,

"이눔, 이 늙은이, 여기 초립됭이 하나 지나가는 거 못 봤느냐?"

구 하닝개,

"안 일러주면 쥑인다."

구 하닝개시루,

“저리 내려갔다.”

구 했단 말여. 그래 내려가 보닝개시루 덤불 속이 가 숨어 있어. 숨
어 있을개 잡어서 죽여 베렸단 말여. 그린디, 칠세에 동자가 살고래미
내려와 박문수 젙이루.

“싸가지 읎넌 눔의 영감!”

아 살인냈다구. 아 이눔이 이런단 말여, 박문수더러? [청중 : 일러
줘서 살인냈다구?] 응, 아니 글쎄 그저 다짜고짜 그렇게 얘기를 혀.
들은 대루 얘기하는디, 다른 사람두 따루 달리 들었나는 몰라두. 그러
닝개,

“아, 이눔아, 그게 무슨 소리냐?”

구. 자기가 일러줘서 죽었거던?

“바보 같은 눔으 영감, 그걸 못 살리구서 죽였다.”

구. 막 울우, 막 호령을 하거던, 이것이?

“그,래 살릴 도리가 읎었다.”

“예이 바보같은 녀석, 아 지팽이 짚구 눈 깜구 소경노릇 허지? 병신
노릇 허지? 병신겉이 죽였다.”

구. 아 이눔이, 지랄하구 내려오더랴.

(『한국구비문학대계 4-5 충남 부여군편』 286~287쪽)

이 이야기에서 박문수는 사건 해결에 아무런 구실을 못 한다. 구
실을 못 할 뿐 아니라 되레 지략이 없어 애먼 사람을 죽게 만든다.
그것을 일곱 살 먹은 아이가 보고 나무란다는 것이다. 잠깐 소경 노
릇만 하면 될 것을, 그걸 못 하고 겁에 질려 털어놓는 바람에 애꿎
은 초립동을 죽게 만들었으니 아이 말대로 ‘바보 같은 눔으 영감’

　　　　3부 옛이야기 풀어 놓기

이 아니고 무엇인가. 이 이야기는 겉으로 박문수를 내세우고 있는 것 같지만 속내는 이 슬기로운 어린아이에게 눈길을 주고 있다. 이야기를 듣는 사람은 누구나 어린아이의 꾀가 그럴 듯하다고 여기고 탄복할 것이다. 박문수는 다만 아이의 꾀를 돋보이게 만드는 들러리일 뿐이다.

　이런 이야기도 있다. 박문수가 어사가 되어 돌아다니던 중 한 거지노인을 만났다. 그 노인과 함께 다니면서 세 부잣집에 들렀는데, 가는 곳마다 노인은 예사롭지 않은 방법으로 사람을 구했다. 첫째 집에서는 바위에 깔려 죽을 뻔한 주인을 살려주고 돈 천 냥을 얻었다. 둘째 집에서는 병에 걸려 죽어가는 칠대독자를 살려주고 돈 천 냥을 얻었다. 셋째 집에서는 사라진 조상 무덤을 찾아 주고 돈 천 냥을 얻었다. 어느 산기슭에 이르자 노인은 돈 삼천 냥을 박문수에게 주고 작별인사를 한다. 노인과 헤어져 산길을 올라가던 박문수는 장승에게 발원하는 처녀를 만나, 그 처녀 아버지가 돈 삼천 냥 때문에 죽음을 앞두고 있다는 사실을 알게 된다. 가진 돈 삼천 냥으로 처녀 아버지 목숨을 구하고 보니, 처녀가 발원하던 장승이 여태 함께 다닌 거지노인 얼굴과 신통하게도 꼭 닮았더라는 것이다.

　이 이야기에서도 박문수는 이렇다 할 구실을 못 한다. 그저 거지노인을 따라다니며 그의 신통한 능력을 구경만 할 뿐이다. 그러다가 거지노인이 준 돈으로 한 사람의 목숨을 살리지만, 가만히 보면 그것조차 심부름을 한 것에 지나지 않는다. 이 이야기 또한 겉으로는 박문수 이야기를 하는 것처럼 보이지만 속내를 들여다보면 그게 아니다. 장승의 모습을 한 산신령이 처녀의 발원을 듣고 그 아버지 목숨을 구한다는 것이 줄거리이다. 박문수는 그저 이야기에 진실의 옷을 입히는 증인 또는 이야기를 퍼뜨리는 화자의 구실을 하고 있는 것이다. 박문수 전설의 대부분이 이런 꼴로 되어 있다는 것은 무엇을 뜻하는가?

옛날 백성들은 박문수와 같은 '괜찮은 벼슬아치'가 현실 세상에도 나와 주기를 간절히 바랐을 것이다. 하지만 현실은 번번이 백성들을 배반했다. 벼슬아치들은 대부분 부패하고 무능했다. 그들은 제 배를 불리기에 바빠 백성들의 고통을 외면했으며, 심지어 그 고통을 이용하여 백성들을 짓밟고 제 욕심을 차렸다. 이런 마당에 아무리 이야기 속 주인공이라 하나 벼슬아치를 미화하는 일은 가당찮았을 것이다. 진정으로 백성 편에 선 누군가가 자신들을 돕기를 바라지만, 그 구원자가 박문수 같은 벼슬아치는 아니라는 걸 백성들은 알아차렸을 것이다. 박문수가 이야기 속에서 대개 심부름꾼이나 들러리 또는 무능한 구경꾼으로 그려지는 까닭이 여기에 있다.

이쯤에서 분명히 해 둘 것이 있다. 이것은 실제인물 박문수에 대한 평가와는 아무 상관이 없다. 이야기가 되어 백성들 입에 오르내리는 순간 전설의 주인공은 이미 실제인물이 아니다. 백성들의 삶과 꿈을 대변해 줄 이야기 속 가공인물로 거듭나는 것이다. 우리 옛이야기에 단골로 등장하는 숙종대왕이나 이퇴계, 이율곡, 오성과 한음 또는 서산대사와 사명당 또한 그렇다. 조금 거칠게 말한다면,

역사는 지배층의 것이요 전설은 민중의 것이다. 역사는 사실로 존재하지만 전설은 백성들의 가슴에서 나오는 것이다. 아이들에게 전설을 이야기해 줄 때도 이 점을 분명히 하는 일은 필요하다고 본다.

인물전설 다시쓰기의 바른 길

이제까지 우리는 구전되는 인물전설에 백성들의 정서가 흠뻑 스며들어 있다는 것을 살폈다. 그렇다면 작가들이 인물전설을 다시쓸 때도 이 같은 '백성들 마음'을 결코 지나쳐서는 안 될 것이다. 태어날 때부터 등에 별이 그려져 있는, 우리 같은 보통사람과는 태생부터가 다른, 위대하고 거룩한 인물이 온갖 조화를 다 부리는 위인 이야기는 이제 조용히 거두어들여야 한다. 그 대신 우리와 똑같이 사람다운 약점을 지닌 인물이 나와, 우리와 비슷한 고민을 하며 아기자기 참세상을 만들어 나가는 이야기가 많이 나와야 한다. 그리하여 일제고사와 줄 세우기와 영어 과외 때문에 오늘도 밤잠을 설치는 아이들이 기죽는 대신 위안을 받으며 즐길 수 있는 이야기들이 강물처럼 흘러넘쳐야 한다. 그러려면 모름지기 인물전설을 다시쓰는 작가들은 다음과 같은 점을 마음에 두어야 할 것이다.

첫째, 인물전설에 스며든 백성들의 생각(민중의식)을 바르게 읽어내야 한다. 인물을 좋은 모습으로 그리거나 그렇지 않거나 간에, 백성들 정서에 맞추어 그려낸 모습을 함부로 분칠하거나 허물지 말

일이다.

둘째, 어떤 경우에나 우상화는 피해야 한다. 인물을 지나치게 떠받들면 우상을 만들게 되고, 이것이 지나치면 전설이 아니라 종교가 된다. 약점 없는 완벽한 인물은 그 자체로 이야기 주인공으로서 매력이 없다는 것을 알아야 한다.

셋째, 전설은 어디까지나 이야기다. 그러므로 그 서사성을 중히 여겨 재미난 이야기로 거듭나게 해야 한다. 훌륭한 인물에 대한 이야기를 할 때도 '그 사람이 이만큼 훌륭하다'고 강조할 것이 아니라, '그 사람에 얽힌 이런 이야기가 있다' 는 식으로 말해야 한다. 다시 말해 인물의 선행 또는 인품에 매달리기보다 그 인물을 둘러싼 일화 또는 사건에 관심을 기울여야 한다는 것이다. 교훈을 강조한 이야기는 자칫 잔소리가 되기 쉽다.

이야기 꾸미기와 상상력의 참모습

며칠이 지나도록 병사들은 쩔쩔매고 있었습니다. 장군도 한숨만 푹푹 내쉴 뿐이었습니다. 그러던 어느 날, 한 할머니가 장군을 찾아왔습니다.

"장군님, 힘보다는 머리를 써야 할 때가 있는 법이지요. 자, 우리 이렇게 약속을 합시다. 내가 도적들의 소굴에 들어가서 '다자구야!' 하고 큰 소리로 외치면 그 소리를 듣고 쳐들어오시구려."

할머니는 이렇게 말하고는 산으로 올라갔습니다. 산중턱에 이르자 도적 떼가 나타났습니다. 할머니는 도적 떼가 몰려오자,

"다자구야, 다자구야."

하면서 울었습니다.

"웬 늙은이가 여기서 울고 있는 거야?"

"이 늙은이에게 '다자구'라는 자식이 있는데, 아 글쎄 그놈이 늙은 어미를 버려 두고 어디론가 가 버렸다오. 그래서 자식을 찾아 이 산 속까지 오게 되었지요."

할머니가 눈물을 닦으며 말하자,

"부모를 두고 달아난 자식을 무엇 하러 찾아? 그러지 말고, 우리 일이나 해."

도적들은 할머니를 붙잡아 자기들의 소굴로 데려갔습니다.

(『초등학교 교과서 4-1 말하기 · 듣기 · 쓰기』 32~33쪽, 『초등학교 교사용 지도서 4-1 국어』 137쪽)

상상하기 또는 조각그림 맞추기

위 이야기를 처음 읽는 사람은 누구나 어리둥절할 것이다. 옛이야기는 다 '옛날 옛적에……'로 시작되는 게 보통이다. 하지만 이것은 처음부터 대뜸 '며칠이 지나도록……' 하고 있으니 말이다. 하지만 이것이 읽기 교재가 아니라 듣기 교재이며, 앞뒤 이야기를 꾸미기 위해 가공한 자료라는 걸 알고 나면 다들 고개를 끄덕일 것이다. 즉, 이야기의 앞과 뒤를 잘라내고 가운데 토막만 들려준 다음 앞뒤 이야기를 상상해서 꾸며 보게 하는 것이 이 교재를 만든 목적이다.

교사용 지도서를 보면, 실제로 '학습 목표'도 '이야기를 듣고 앞뒤 내용을 상상하여 말하여 봅시다.'로 되어 있다. 이 앞에는 어떤

    3부 옛이야기 풀어 놓기

일이 일어났고, 뒤에는 또 어떤 일이 일어났을까를 상상하여 이야기를 꾸미는 공부인 셈이다. 그런데, 여기서 한 가지 의문이 생긴다. 이 경우 과연 자유로운 상상이 가능할까? 여러분도 재미 삼아 한번 이야기를 꾸며 보기 바란다. 도대체 앞뒤에 어떤 일이 생긴 것일까?

다시 교사용 지도서를 보면, '이야기의 앞부분을 상상하기 위한 질문'으로 다음과 같은 것을 내놓고 있다. '언제 있었던 일인가? 도적들은 왜 깊은 산 속에 모여 있었을까? 도적들은 어떤 나쁜 짓을 저질렀을까? 병사들이 도적을 물리치지 못한 까닭은 무엇일까?' 또, '이야기의 뒷부분을 상상하기 위한 질문'으로는 다음과 같은 것을 들어 놓았다. '할머니는 얼마나 오랫동안 산 속에 머물렀을까? 할머니는 도적들이 눈치 채지 못하게 하기 위하여 어떤 노력을 했을까? 할머니에게 위험한 사건이 있었다면? 할머니의 도움을 받은 병사들은 어떤 생각과 행동을 하였을까?'

아이들이 이런 질문을 받고 '상상하는' 이야기란 어떤 것일까? 내 생각에는 어떤 아이들이나 얼추 어슷비슷한 이야기를 꾸며 낼 (사실은 짐작해 낼) 것 같다. 왜냐하면 교과서는 잘 짜인 이야기의 한 부분을 들어낸 다음 그곳에 무엇이 들어갈지 '알아맞힐' 것을 요구하고 있기 때문이다. 이렇게 되면 자유로운 상상은 애당초 불가능하다. 이 경우 '정답'은 몰라도, 적어도 '모범 답안'은 이미 마련돼 있는 상태이다. 이것은 마치 '조각그림 맞추기'와도 같이 남의 상상력에 자신의 상상력을 꿰어 맞추는 일이 되지는 않을지?

그리스 신화에 나오는 '프로크루스테스의 침대' 처럼, 이미 만들어진 틀에 억지로 자신의 생각을 갖다 맞춘다고 하면 너무 심한 비유가 될까?

상상력은 나름대로 틀을 갖지만, 그 틀은 남이 만들어 주는 것이 아니라 자신이 만들어야 한다. '다자구 할머니' 이야기는 훌륭한 우리 이야기지만, 이런 식으로 가공해서는 상상력을 키우는 데 반드시 도움이 된다고 말하기 어렵다. 차라리 '다자구' 라는 열쇳말도 내세우지 않고 이야기 앞부분을 들려준 다음 뒷부분을 꾸며 쓰게 하면 어떨까? 가령 도적 때문에 괴로워하는 병사들 사이에 할머니가 나타났다는 얘기만 들려주고 나서, 과연 할머니가 어떻게 문제를 해결했을지 꾸며 보게 하면 훨씬 자유롭고 의미 있는 상상이 가능하지 않을까?

생각의 가장자리를 넓히는 '시점 바꾸기'

옛이야기는 때때로 많은 은유와 상징을 껴안는다. 그 은유와 상징에는 정답이 없어서, 이야기를 즐기는 사람들의 시각에 따라 얼마든지 다른 해석이 가능하다. 이것이 옛이야기가 가진 매력이다.

이 '다자구 할머니'는 보통 충청도와 경상도를 가르는 대재(죽령)를 지키는 산신 이야기로 알려져 있다. 이런 이야기에서는 다자구 할머니, 또는 우군인 관군의 시각으로 사건이 펼쳐지게 마련이다. 다음 이야기를 보자.

“다자구야! 들자구야!”

그저 밖에다가 소리를 지르는 거야.

“아 이 여편네가 미쳤나? 밤낮 그 소리만 한다.”

구. 못하게 그 도적놈이, 도적놈의 괴수가 그러니까,

“내가 평생에 맏아들은 ‘다자구’구 둘째아들은 ‘들자구’인데, 평생에 그놈을 부르고 싶어서 못 배기겠는데, 아 이놈이 눈에 뜨이지 않는구먼. 아 소원이 애들 이름 부르는 게 소원인데……”

“그 왜 낮에 부르지 밤중에 부르느냐?”

“밤이 되문 생각이 잠이 안 오구 아주 간절하다. 그래서 꼭 밤이문 이렇게 부르는 거다.”

속마음은 뭐고 하니 이거 술을 잔뜩 먹였는데 생일이 다 온다고. 이제 쫄개도 잔뜩 먹이고 아 저도 막이다가, 그날 구월 십오 일이문, 구월 십오 일날이 진짜 생일이니까, 그날은 고만 마음놓고 실컷 멕였어. 아주 좋은 놈이루. 그라구 이주 그 옛날루 독하다는 술 그것만 먹인 게 아니라 뭐 조금 또 약이라두 섞었는지 모르겠어요. 아 조금 밤중이 거의 다 되 갈라구 그러니까 모두들 코를 골구 자는 거야.

게 한 서너 놈이 들(덜) 자서 그 나가서,

“들자구야! 들자구야!”

이랬지. 게 관원들이 이제 요새같이 무슨 총은 없어두 다 그 포승이나 포박할 수 있고, 그때 그 뭐 에 관노 모든 사람들이 다 그래도 뭐 술취한 놈 하나씩을 잡아올 만한 힘들은 다 양성해 가지고 있었으니까. 이제 술을, 모르지, 이제 풍기 영주로도 통해 가지고 뭐 응원대를 조직했는지 그건 모르겠으나, 하여간 단양군에서는 함박 올라갔어요.

아 내중에 보니까 이제 서너 놈이 남었던 놈도, 들 자던 놈이 이제 다 자버리거든. 그래 앞산, 응암이라는 큰 바위에 나와서,

"다자구야! 다자구야!"

불렀단 말야. 다 잤으니까 별것 아니다. 가 보니까 그냥 줍겠드라는 거여, 막. 말짱 그냥 다 그냥 거의 죽다시피 자니까. 그래서 말짱 그 괴수로부터에 다 이저 결박을 다 해서 꽁 묶어 놓고 그래 궁둥일 때려 가면서, 에 말짱 잡어서 압송을 한 뒤에, 게 그 죽령을 넘어댕기는 사람들이 고만 이젠 마음 편히 댕기구 그 도둑놈의 작폐는 없어졌는데.

(『한국구비문학대계 3-3 충북 단양군편』 33~34쪽)

이야기는 철저히 할머니의 처지에서, 또는 관군의 시점으로 풀려 나간다. '함박 올라가서' '그냥 줍다시피' '말짱 괴수로부터 다 결박을 하는' 이들은 관군이요, '술을 잔뜩 먹이고' 지켜보다가 '서너 놈이 덜 자서 들자구' 요 '다 자버리니까 다자구' 라 하는 이 는 할머니다. 이때 도적은 다만 물리쳐야 할 대상일 뿐이다. 하지만 시점이 옮아간다면? 이야기는 딴판이 된다.

서울에서 참 정부군이 나와가주고, 영남에서 역적이 올라온다 거는 비앙(방)을 놔서 거어 와서 교전이 붙기를 시작했는데, 그래 이 짜아 선(쪽에서는) 낮이(에) 날만 새면 서로 그 전상이 벌어지고 교전이 벌 어질 그 시긴데, 저녁에 그 진 속에 여러 수만 명이 유숙을 하고 있는 그 진 속에, 천막 밑에 어쩐 노파 할망구가 하나 나타나가주고 크게 꽘을 지리이께 그 조수만장군이,

"그 도대체 어째 대군이 행차하는 이 진 속에 어쩐, 요망시럽기 여자가 와서 꽘을 지르는 기 무신 꼬라진냐?"

그런 항의를 하이께, 그 여자가 있다 하는 이얘기가,

"우리 치매두른 여자야 보잘것없이 이 대군 앞에 와서 그리 장해가 됐다거만 당장 내가 목을 끊어도 좋겠지만 우리 집에 손자늠이 날 때부텀 이렇기 영리한 놈인데 그래 영남에서 대군이 서울을 상해서 진군한다 거이께로 요늠들이 얼매나 기뿐지 기쁨에 넘쳐가주고 아마 축하 인사차로서 나오긴 나왔는 모양인데, 두 늠이 나이 어리가주고 밤이 야심해도 집에 안 들어오길래 불가불 내 손자를 디릴로 왔는데, 큰 놈은 '더자구'고 작은 놈은 '다자구'라."

그런 말을 하이, 그런 말을 하이께 그래 그 조수만장군이 아주 그 그만큼 머리가 덜 돌아가고 심수가 약해가주고 그래 그 축하하로 나왔다 거는, 인사차로 어린 기 나와서 영광시런 기분만 거석해갖고 넙쩍이 웃으만성 그걸 간섭을 안 하고 있이이,

"할마이가 그래 지 진 속에 댕기가만 그 손자가 그렇기 영리한 늠이 잃었으마 빨리 찾아가주고 집에 드가서 잠을 재라."

꼬. 그래 장군이 그 말만 하고 그래 돌아댕기이, 여자가 돌아댕기만 여자, 여자가 돌아댕기만,

"더자구야, 더자구야."

부른께 아죽 저 짜아서(쪽에서), 정부군이 탄금대서 내다볼 때, 덜 잔다거는 신호를 보내느 기 '더자구'거등. 그래서 얼매깐 밋 시간 돌아댕기다아 '더자구는 어데 가서 인지는 집에 드갔는지는 모리겠지만 그만 다자구라도 불러 본다'꼬 그래 전체 또 돌아댕기만,

“다자구야, 다자구야.”

그이께 인제 전체 다 잔다 거는 신호를 보냈단 말야. 그래서 정부군이 탄금댈 니러와가주고 달랫강 강 섶에 그 들판에 와서 전부 자는 걸 고마 뚜디리 잡았는데.

(『한국구비문학대계 7-13 대구시편』 585~586쪽)

이 이야기가 취한 시점은 ‘농민군(역적) 대장 조수만장군’의 눈이다. 이때 다자구 할머니는 관군이 보낸 밀정에 지나지 않는다. 농민군은 관군의 처지에서 보면 ‘역적’이지만 백성들 눈으로 보면 ‘우리 편’이다. 이야기꾼은 애써 중립을 취하려는 듯 보이지만, 처음부터 끝까지 농민군과 그 두령인 조수만장군의 시각에 머물러 있다. 이야기는 단 한 번도 관군이나 할머니의 시점으로 서술되지 않는다.

같은 줄거리를 가진 이야기도 시점을 바꾸면 아주 딴판이 된다. 비틀어쓴(패러디한) 옛이야기를 보면 이 점이 아주 분명해진다. 이를테면 ‘나무꾼과 선녀’에서 나무꾼과 선녀가 만나는 대목을 나무꾼의 눈으로 보면 행운을 잡은 것이지만 선녀의 눈으로 보면 속임수에 걸려든 것이다. ‘땅 속 나라 도적 퇴치’를 만약 도적의 시각으로 본다면 어떻게 될까? 학정을 못 견딘 백성들이 산속에 숨어들어 의적이 되고, 임금이 보낸 밀정이 그들을 치러 온다는 설정도 가

---

* 실제로 이런 꼴로 비틀어쓴 이야기가 있다. 유영진, 「머리 아홉 달린 괴물과 땅속 나라」, 월간 『어린이문학』 1999년 10월호, 40~49쪽.

　　　　3부 옛이야기 풀어 놓기

능하지 않을까?*

아이들이 옛이야기를 여러 각도에서 바라볼 수 있다면, 생각의
가장자리도 넓어질 테고 세상을 보는 눈도 그만큼 넓어질 것이다.
바람직한 상상력이란 바로 이런 것이다.

토종도깨비의 복권

옛날, 어느 마을에 효성이 지극한 형제가 병든 아버지를 모시고 살았어. 형제는 아버지의 병을 낫게 하려고 온갖 좋은 약을 다 써 보았지만, 몸이 계속 축 늘어지기만 하는 아버지의 병은 낫지 않았대. 그러다 보니 재산도 다 바닥이 나고, 이제는 약을 구하기도 어려운 형편이 되었지.

어느 날, 형은 산 너머 부잣집에 가서 일을 해 주고 아버지의 약값이라도 벌어 와야겠다고 생각했어. 그래서 동생에게 그 동안 아버지를 잘 보살펴 드리라고 당부를 하고 길을 떠나게 되었지. 동생은 길 떠나는 형에게 미안한 마음에 느티나무 막대기라도 가지고 가라고 건네주었어.

형은 느티나무 막대기를 가지고 산 너머 마을을 향해 부지런히 걸었어. 그런데 그만 산 속에서 날이 저물고 말았지 뭐야. 형은 하는 수 없이 산 속에서 자기로 하고 잘 만한 곳을 찾아보았어. 근처에 무덤 두 개가 나란히 있는데, 그 사이가 사람 하나 누울 만큼 우묵하게 되어 있었지. 형은 그리로 가서 드러눕고, 검불을 긁어서 이불삼아 덮었지.

온종일 걸어서 고단한데도 아버지와 동생 생각에 잠이 오지 않았어. 그 때, 두런두런 말소리가 들리고 발소리도 나기 시작했어.

'이 밤중에 웬 사람들이 어디를 가느라고 저렇게 웅성댈까?'

형이 생각하고 있는데, 웅성대는 소리가 형이 누워 있는 무덤 옆에서 딱 멈추는 거야. 형은 자는 척하며 실눈으로 그들을 바라보았지. 순간, 형은 하마터면 놀라 기절할 뻔했어. 도깨비 몇 명이 서 있지 않겠어. 형은 정신을 바짝 차리고 마음을 굳게 먹고 계속 자는 척했어.

그런데 머리가 뾰족한 도깨비가 형에게 다가와서는 형을 깨우는 거야.

"이봐, 해골도깨비. 벌써 자나? 이 친구, 우리와 한 약속을 잊었군. 어서 일어나게. 날이 밝기 전에 아랫마을 황소의 혼을 빼내 와야지."

뾰족도깨비와 다른 도깨비들은 무덤을 발로 차며 형에게 일어나라고 소리쳤어. 아마 형이 검불을 덮고 있어서 도깨비로 본 모양이야. 형은 무덤에서 나오는 척하며 용기를 내어 말했지.

"응, 자네들 왔나? 참, 오늘밤에 아랫마을 황소의 혼을 빼러 가기로 했지. 그런데 말야, 어째 몸이 추워서 으스스 떨린단 말야. 미안하지만 자네들만 갔다 올 수 없겠나?"

"이 친구 좀 보게나? 아프다고 안 가면 되나? 우리들이 자네를 업고 갈 테니 같이 가세."

형은 어쩔 수 없이 뾰족도깨비 등에 업혀 산 아래 마을로 가게 되었어. 그런데 형을 업고 가던 도깨비가 갑자기 섬뜩한 말을 하지 뭐야.

"어째 이리 무거워? 도깨비가 이렇게 무거울 리가 없는데……?"

형은 가슴이 철렁 내려앉았지만, 태연하게 말했어.

"이봐, 그게 무슨 소리야? 아파서 축 늘어지면 당연히 무겁지."

그러자 뾰족도깨비는 형에게 팔을 좀 내밀어 보라고 했어. 형은 얼른 동생이 준 느티나무 막대기의 가느다란 쪽을 내밀었지. 그러자 이번에는 다리를 내밀어 보라는 거야. 형은 또, 얼른 느티나무 막대기의 굵은 쪽을 내밀었어.

"아프다더니 뼈에 물이 생겨 이렇게 무거운 거군."

뾰족도깨비는 산 아래 마을에 이르자, 아프다는 형을 뉘어 놓고 다른 도깨비들과 함께 황소의 혼을 빼러 갔어. 형은 얼른 근처의 바위 뒤로 숨었지. 얼마 뒤, 도깨비들이 뭐라고 주절대면서 몰려왔어.

"아랫마을에 있는 그 부잣집 말야. 쑥물을 만들어 딸에게 주면 금방 병이 나을 텐데 멍청하게 다른 약만 쓰고 있으니……"

마침 그 때, 마을에서 첫닭 우는 소리가 들려오기 시작했어. 그러자 당황한 도깨비들은 형을 까마득히 잊은 채 쏜살같이 어디론가 사라져 버렸지. 형은 '후유' 하고 한숨을 쉬며 아랫마을로 내려갔어. 그리고 그 부잣집으로 찾아가서 딸의 병을 낫게 해 주겠다고 했지. 형이 딸을 보니 병든 아버지처럼 축 늘어져 있는 거야. 형은 곧 쑥물을 만들어 딸에게 먹였지. 얼마 뒤, 딸은 가운을 차리고 일어났어. 부잣집 사람들은 아주 기뻐하며 형에게 후하게 보답을 했지.

형은 더 머물다 가라는 부잣집 사람들의 청을 뿌리치고 곧장 집으로 돌아왔어. 그 다음은 말 안 해도 알겠지?

(『초등학교 교과서 5-2 말하기 · 듣기 · 쓰기』 95~97쪽)

우리 겨레의 오랜 벗, 도깨비

도깨비는 우리 겨레의 오랜 벗이다. 서양에 요정이 있고 중국 일본에 각각 요귀와 오니가 있듯이 우리에게는 도깨비가 있다. 옛날 사람들은 이야기 속에서, 또는 굿판이나 놀이판에서 쉽사리 도깨비를 만났다. 방앗공이나 부지깽이, 썩은 나뭇등걸이나 몽당비처럼 흔하디흔한 물건에도 도깨비가 깃들어 있다고 믿었다. 요컨대 도깨비는 먼 세상에 사는 요상한 괴물이 아니라 옆집 아저씨처럼 친근한 이웃이었던 것이다.

그래서 우리 옛이야기를 말할 때 도깨비를 떼어 놓을 수 없다. 그런데, 그렇게 예사로운 도깨비이건만 정작 정체를 따지고 들어가면 좀 성가시다. 도깨비에게 뿔이 있나 없나, 다리가 하나냐 둘이냐, 옷을 입고 다니는가 벗고 다니는가가 다 논란거리가 된다. 도깨비 한테 벽사 능력이 있는지 없는지, 성별이 남성인지 중성인지 아니면 양성인지도 얘깃거리가 될 수 있다. 무엇 하나 속 시원히 밝혀진 건 없지만, 그렇다고 답답할 만큼 신비로움 속에 묻혀 있는 것도 아니다.

도깨비에 관한 논의가 이처럼 뒤숭숭한 것은 오히려 정보가 너무 많아서일지도 모른다. 도깨비는 말로 전한 이야기뿐 아니라 책과 그림, 춤과 놀이, 심지어 부서진 기왓장에까지 그 자취가 남아서 전해져 온다. 이처럼 가닥이 많으니 어느 한 줄기를 따라가다 보면 저마다 다른 모습을 만나는 것은 정한 이치다. 그래서 어찌 생각하면 옛이야기로 시야를 좁히는 것이 문제를 쉽게 푸는 길이 될 듯도 하다.

옛이야기에 묘사된 도깨비는 대체로 사람과 닮았다. 키가 훌쩍 크다든지 낯빛이 붉다든지 털북숭이라든지 하는 말은 있지만 특별히 사람과 다르게 생겼다고 보기는 힘들다. 쑥대머리에 퉁방울눈이라는 묘사는 흔해도 머리에 뿔이 났다거나 외눈박이라는 말은 듣기 어렵다. 다리가 하나뿐이라는 것도 좀 낯설다. 도깨비가 오른쪽으로만 힘을 쓰는 탓에 씨름할 때 왼다리를 건드리면 넘어간다는 말은 있어도 말이다. 이런 건 혹시 도깨비의 말밑이라 주장되기도 하는 한자말 '독각귀' (獨脚鬼, 외다리 귀신이라는 뜻)에 너무 매달린

풀이는 아닐까.

사람과 닮았으되 사람보다 더 어수룩한 것이 도깨비다. 이야기 속에 나오는 우리 도깨비는 결코 모질거나 사납지 않다. 사람 말을 잘 믿고 겁이 많은데다가 미련하여 무엇이든 잘 잊어버린다. 도깨비한테 돈 꾸어 줬다가 날마다 와서 갚는 바람에 부자 됐다는 이야기는 수도 없이 많다.

씨름을 즐기고 수수께끼 내기를 좋아하지만 솜씨는 그다지 좋다 할 수 없어서 사람한테 지기 일쑤다. 메밀묵을 잘 먹고 붉은색을 싫어하는 이 재미있는 친구는 둔갑에 능하여 걸핏하면 모습을 바꾼다. 걸음이 빨라 천 리 길도 눈 깜짝할 새에 걸으며 하늘을 마음대로 날아다니기도 한다. 더러 심술도 부리고 짓궂은 장난도 치지만 의리가 있어 한 번 은혜를 입으면 반드시 갚고, 어려운 처지에 있는 사람을 보면 그냥 지나치지 못한다.

도깨비는 그 종내기가 많아 모양도 여러 가지고 이름도 제각각이다. 산속 덤불이나 숲에 사는 산도깨비, 물속을 제 집 드나들듯 하는 물도깨비, 어두운 밤에 불을 켜고 다니는 불도깨비, 벌건 대낮에 돌아다니는 낮도깨비가 다 도깨비붙이들이다. 달걀처럼 데굴데굴 굴러다닌다는 달걀도깨비도 있고 멍석처럼 널따란 것이 아무 데나 널브러진다는 멍석도깨비도 있다. 차일도깨비는 차일처럼 하늘에서 너울너울 내려와 사람을 덮친다고 하고, 돈도깨비는 오래 묵은 돈궤에서 나와 부잣집만 찾아다닌다고 한다. 그런가 하면 있다가도 없고 없다가도 있고, 있는 듯 없는 듯 도무지 갈피를 못 잡게 하는 허깨비도 있으니 참 모든 게 도깨비놀음 같다.

도깨비를 부를 때는 흔히 '김 서방'이라 하는데, 이는 도깨비가 아는 이름이 김 서방밖에 없기 때문이다. 김씨는 우리 나라에서 가장 흔한 성씨요 서방은 장가간 남자백성을 일컫는 말이니, 이로써 도깨비는 별나다기보다 흔한 존재요 그 성별은 대개 남성이라고 보아도 좋겠다. 그러나 도깨비 식구들이 떼거리로 나타날 때는 당연히 어머니도깨비도 있을 것이요, 드물게는 '암도깨비'가 나오는 이야기도 있는 것으로 보아 너무 고지식하게 '도깨비는 남자'라고 못을 박지는 않는 게 좋을 듯하다.

옛이야기의 틀, 지킬 것인가 허물 것인가

이제 위 이야기로 눈을 돌려보자. 이 이야기는 두 가지 유형이 섞인 것이다. 하나는 주인공이 도깨비를 만나는 이야기로, 느티나무 막대기 덕분에 위기를 벗어난다는 것이 중심화소이다. 도깨비가 사람을 동무로 여겨 업고 가다가 너무 무거워서 정체를 의심한다는 이야기는 드물지 않으며, 이때 나무막대기나 뼈다귀 같은 것이 그 의심을 잠재운다는 것도 별날 것은 없다. 요컨대 도깨비는 뚜렷한 형체가 없는 만큼 몸무게도 가벼울 수밖에 없고, 이로써 도깨비 틈에 섞인 사람도 가려낼 수 있다는 것이다. 하지만 도깨비는 사람 말을 잘 믿는다. 여기서도 나무막대기를 만져 본 도깨비는 쉽게 그 의심을 거두어들인다.

또 하나의 유형은 도깨비 말을 엿들은 주인공이 행운을 얻는다는
이야기다. 한국설화유형분류에 따르면 '634-8 도깨비와 사귀어 덕
보기'에 들어맞는 것이다. 우연히 도깨비 말을 엿들은 사람이 그
말대로 해서 부자가 되거나 장가든다는 것인데, 이때 행운에 이르
는 길은 필경 남을 돕는 일을 거치게 된다. 도깨비가 저희들끼리 하
는 말은 대개 죽음에 이르거나 곤경에 빠진 사람을 두고 '이렇게
저렇게 하면 되는 것을 사람들이 모르고 있으니 딱하다.'는 것이
며, 바로 이 말대로 해서 사람을 구하는 것이다. 그냥 금덩어리를
얻는 게 아니라 어려운 사람을 도움으로써 복을 얻는다는 대목은
곱씹어볼 만하다. 위 이야기에서도 주인공은 도깨비 말을 엿들은
덕분에 부잣집 딸을 살리고 아버지 약도 얻는다.

그런데 이 이야기에는 보통 옛이야기가 두루 가진 틀을 벗어나는
대목이 있다. 형제 가운데 형이 주인공이 되는 것으로, 이는 매우
보기 드문 설정이다. 형제가 나오는 옛이야기에서 보통은 아우가
주인공이 되며, 이 경우 열에 아홉은 '착한 아우와 나쁜 형' 틀을
따른다. 옛이야기가 언제나 약자 편에서 진행된다는 성질을 생각하
면 이는 아주 자연스러운 일이다. 보기를 두어 가지 살펴보자.

한 사람은, 또 한 사람은 즈 어머니 아버지두 없이 둘이 살드래요.
형제가, 그러니까 형은 아주 바보요. 동생이 벌어다 주면 먹구 그러는
데, 그 건너서 생일잔칠 하는데, 거기를 갔더니, 밥을 참 한 사발을 얻
구 갖인 반찬을 해서 주거든. 그래 가지구 갔어. 가주 가설랑에 형을

주니깐, 아 동생은 하나두 안 주구 지가 죄 처먹었잖어? 그래 그 그릇을 갖다 주구 와서는 앉아 있으니까루, 형이 하는 말이,

"오늘은 너하구 나하구 갈라서자."

그러거던. (줄임)

그래 거기를 넘어가는데, 주머니가 하나 빠졌는데 돈이 하나 가득하게 들었거든. 동생이 '아 이걸 임자 찾아 주어야겠다.' 구 끌구서는 가주구 가는데, 아 가다 보니깐 형을 만났잖어?

"아, 형님, 거기 왜 계시우?"

그러니깐,

"어? 너 든 게 거 무엇이냐?"

"그런 게 아니라 오다 보니깐 주머니가 빠졌는데, 돈이 하나 가득하게 들었는데, 이걸 갖다가설랑에 임자 찾아 줄라구 가주구 가요."

그러니깐,

"그려?"

그러더니 아 깊은 산중으로 끌고 들어가더니 칡을 끄내 가지구서는 잔뜩 나무에다 붙들어 매구서 그 돈을 뺏구는 눈깔을 둘을 빼 놓구 도망을 가잖어?

(『한국구비문학대계 1-9 경기도 용인군편』 432~433쪽)

두 형제가 참 자기 부모네는 일찍이 다 조실부모하고 두 형제가 다 거러지가 됐이요. 서러지가 돼서 이제 읃어 먹으러 댕기는데 형이 아주 못되게 굴어. 형이, 형이라는 게 동생을 그렇게 못되게 굴어. 동냥을 인제 아침이나 저녁이나 인제 밥을 읃어 가지고 오면 너, 읃어 가지고 오면 같이 먹어야 될 것 아니여. 그래 저는 밥을 읃어 가지고 와서

     3부 옛이야기 풀어 놓기

도 형과 같이 먹을라고 먼저 먹질 않거든, 동생이. 그래 인제 읃어 가
지고 와서는 형과 같이 먹을라고 이렇게 인제 헐라치면,

"너, 너 먹었지."

이렇게 하고는 안 먹었다면 응, 응, 응 먹는데,

"넌 먼저 벌써 먹었지 뭐, 아이구."

하면서 혼자 다 먹어. (줄임)

그래 먹고는 그날 저녁에 자는데 가만히 생각을 해 보니깐 그 금덩
이를 저 동생놈이 자꾸 나중에 달래고 그러면 그게 탈이란 말이지. 그
러니깐 '에이, 이놈을 못 쓰게 만든다.'고 고만 두 눈을 빼버렸어. 동
생의 눈을. 눈을 빼버리고는 고만 이놈은 혼자 도망을 갔어. 금덩이를
가지고 혼자 내뺐어요.

(『한국구비문학대계 2-7 강원도 횡성군편 2』 565~567쪽)

보다시피 형은 욕심쟁이에다가 성질머리도 사납다. 형에 견주면
아우는 부처님 가운데토막처럼 순하고 착한데, 그래서 이야기는 자
연히 아우의 눈길을 따라가며 펼쳐진다. 이 뒤에 이어지는 줄거리
는 짐작하는 바와 같다. 눈먼 아우는 산속을 헤매다가 빈 집에 들어
가거나 한데서 잠을 자게 되고, 우연히 도깨비들을 만나 그 말을 엿
듣는다. 그 말대로 해서 아우는 눈도 뜨고 남도 돕고 재물도 얻는
다. 또는 부잣집 고명딸한테 장가들기도 한다는 것이다.

이 이야기는 처음부터 '효성이 지극한 형제'를 내세웠으므로 굳
이 형을 나쁘게 묘사할 필요는 없었는지 모른다. 하지만 그렇더라
도 주인공은 아우가 되는 것이 나을 뻔했다. 거의 모든 옛이야기가

형제 중 아우를 주인공으로 내세우는 것은 괜한 틀이 아니다. 반드시 선악이 맞서는 이야기가 아니라도, 이렇게 함으로써 듣는 이는 쉬이 주인공을 자신과 동일시할 수 있기 때문이다.

사람이라면 다 그렇겠지만, 어린이들이라면 더구나 이야기 속 약자에게 친근감과 동정심을 느끼게 마련이다. 친근감과 동정심은 언제나 동일시의 전제조건이 되며, 주인공에 대한 동일시는 이야기에 빠져들기 위한 통과의례와도 같은 것이다. 반드시 그럴 만한 까닭이 없다면 이 틀은 지키는 게 낫지 않을까.

사족 한 마디 덧붙이자면 부잣집 딸과 아버지 병을 고칠 약으로 '쑥물'은 너무 심심하다는 생각이 든다. 이미 양쪽 집에서 온갖 좋다는 약은 다 써 보지 않았던가. 이런 경우 약은 뜻밖의 곳에서 나오는 것이 제격이다. 이를테면 바람벽 흙덩이나 손때 묻은 장기짝, 또는 좀 지저분하긴 하지만 어린아이 코딱지 같은 것이 뜻밖에도 약이 되더라는 게 다른 많은 옛이야기가 보여 준 상상력이다. 말하자면 상식의 허를 찌르는 것이다. 도깨비한테서 엿들은 비밀이라면 더욱 그래야 하지 않을까.

토종도깨비의 복권을 위하여

다시 도깨비로 눈을 돌려보자. 이 이야기에서 무리 중 두드러지는 도깨비는 '뾰족도깨비'이다. 이름이 이렇게 붙은 까닭은 머리가 뾰족해서라고 한다. 도깨비 모습이야 워낙 여러 가지여서 머리

　　　3부　옛이야기 풀어 놓기

뾰족한 도깨비가 없으란 법은 없고, 또 이같이 재미난 이름을 지어 붙인대서 탈날 일도 없다. 그런데 교과서에 그려 놓은 그림을 보면 도깨비 머리에 뿔이 나 있다. 또 아랫도리에는 얼룩무늬 치마 같은 걸 걸치고 있다. 이것은 좀 찜찜하다.

알다시피 이웃 나라 귀신 '오니'는 머리에 뿔이 나 있다. 민속학자 김종대 선생은 이렇게 말한다. '일본의 오니는 보통 뿔이 두 개 혹은 하나가 나 있다. 어금니는 앞으로 튀어나와 있고, 키는 사람의 두 배나 되는 거구다. 온몸에 털이 많이 나 있고, 원시인처럼 도롱이로 만든 옷을 입고 있다. 때로는 손에 망치나 도끼를 들기도 하는데, 현재는 철퇴로 통일되었다.'* 그러고 보니 도깨비 그림을 그릴 때 손에 든 방망이에 가시가 숭숭 난 것처럼 그리는 것이 바로 저 '철퇴'를 본뜬 게 아닌가?

우리 옛이야기 속에 나오는 도깨비 방망이는 보통 빨래방망이처럼 작고 미끈하다. 또 도깨비 그림에서 흔히 볼 수 있는 얼룩무늬 짐승가죽옷 같은 것도 바로 저 '도롱이'를 본뜬 것임에 틀림없다. 우리 옛이야기 속 도깨비가 사람 모습으로 나타날 때 보통 우리네 백성들처럼 흰 바지저고리를 입고 나타난다는 생각은 아주 자연스러운 것이다.

도깨비 뿔에 대해서는 여러 가지 설이 있지만, 내가 알기로 구전되는 옛이야기에 도깨비 뿔을 상세하게 묘사한 것은 없다. 쑥대머

---

* 김종대, 『저기 도깨비가 간다』, 다른세상, 2000, 30쪽

리라느니 산발하고 다닌다는 말은 있어도, 그런 모습과 뿔난 모습을 겹쳐 상상하기는 아무래도 어렵다. 어떤 이는 신라 시대 귀신얼굴기와(귀면와) 같은 것을 보기로 들어 도깨비 머리에 뿔이 있다고 주장하지만, 기왓장에 그려 놓은 그림이 정말 우리 도깨비인지는 의문이다. 오히려 중국 귀신 모습을 닮았다는 설이 그럴 듯하다.

김종대 선생 말을 한 번 더 들어보자.

'귀면문양의 존재는 원론적으로 말하자면 벽사 기능에 주안을 둔다. 즉 인간을 괴롭히는 잡귀를 쫓아내려는 의도에서 만들어진 것이다. 하지만 도깨비는 벽사 기능을 갖지 못하고 있을 뿐만 아니라 도깨비 자체가 잡귀적 속성을 보여 주고 있다. 이것은 귀면문양의 기능이나 속성이 도깨비와는 본질적으로 다르다는 것을 말해 준다.'*

이쯤 되면, 우리가 굳이 이웃 나라 귀신 모습에 매달려 시간을 허비하고 있을 필요는 없다는 말에 누구나 동의할 것이다. 이제 우리 도깨비의 본모습을 되찾는 일이 남았다. 이미 뜻 있는 화가들이 우리 토종도깨비의 모습을 여러 가지로 그려내고 있으므로, 대중의 합의를 거쳐 그 중 하나를 고르는 일이 필요하다.

이 일은 사실고증에 매달리기보다는 많은 사람들의 정서에 기대는 편이 옳을 것이나. 옛 자료를 뒤지는 일에는 한계가 있고, 무엇보다도 도깨비와 같은 초자연물은 거레의 상상력이 낳은 존재이기

* 김종대, 『도깨비를 둘러싼 민간신앙과 설화』 인디북, 2004, 95~96쪽

때문이다.

　우리가 조상의 상상력을 제대로 물려받았다면 토종도깨비를 복권시킬 권한도 의무도 우리 모두에게 있지 않을까.

서정오

1955년 경북 안동에서 태어나 지역에서 교육대학을 졸업한 뒤 오랫동안 초등학교에서 아이들을 가르쳤습니다. 2005년 교직에서 나온 뒤로 글쓰기에 전념하고 있으며, 특히 옛이야기를 되살리고 다시쓰는 일에 힘쓰고 있습니다. 한국작가회의, 한국글쓰기교육연구회, 한국어린이문학협의회 회원이며, 그동안 쓴 책으로 '옛이야기 보따리' 시리즈(모두 10권)와 '철따라 들려주는 옛이야기' 시리즈(모두 4권), 『옛이야기 들려주기』『우리가 정말 알아야 할 우리 옛이야기1,2』『우리가 정말 알아야 할 우리 신화』『언청이 순이』『꼭 가요 꼬끼오』『일곱 가지 밤』 들이 있습니다.

열린어린이 책 마을 04

교과서 옛이야기 살펴보기

서정오 지음

초판 1쇄 인쇄 | 2010년 1월 31일
초판 1쇄 발행 | 2010년 2월 10일
펴낸이 | 김덕균
편 집 | 편은정, 서윤정, 김정미
디자인 | 이은주
관 리 | 권문혁, 김미연
출판 등록 | 제10-2296호
주소 | 121-898 서울시 마포구 동교동 198-22 승남빌딩 2층
전화 | 02-326-1284 전송 | 02-325-9941

ⓒ 서정오, 2010

ISBN 978-89-90396-93-8 03810

값 9,800원